社　賊

森村誠一

集英社文庫

本書は、一九八五年五月、講談社ノベルスとして、一九八八年六月、講談社文庫として刊行されました。

一九九五年十月、ケイブンシャ文庫刊行。

一九九八年十一月、廣済堂文庫刊行。

二〇〇八年二月、ジョイノベルス刊行。
※著者独自の世界観や作品が発表された時代性を重視し、地名、数字、固有名詞、職名、社会制度等は、執筆当時のままとしています。

社賊　目次

社賊

天国と地獄の境界

1

温泉旅館に一人で泊まりに来る者は少ない。ほとんどが家族連れか、アベックか、団体さんである。

妻と息子に先立たれた身が、妻と新婚旅行に来た「おもいでの宿」を訪れてみても、寂寥感《せきりょうかん》をかき立てられるだけである。結婚後二十数年経過して、宿そのものも様変りしており、妻と泊まった建物はすでに取り壊されている。その後に建てられた新館は、近代的ホテルの体裁である。昔のおもかげは偲《しの》ぶべくもないが、周囲の山々や渓谷のたたずまいは昔のままであった。

記憶をかき立てながら付近を散歩して宿へ帰って来ると、まだ夕食まで多少時間がある。家族連れやアベックには充実して濃厚なはずの時間が、おもいでだけを道連れに来た独り旅にとってはなんとも空疎でもてあましてしまう。

来るのではなかったと後悔しても、いまから帰る気もしない。周囲の楽しげな雰囲気にますます滅入《めい》ってしまう。すでに風呂にも入った。「忙中の閑」であれば、こんな時間も悪くないのであるが、もともと閑《ひま》をもて余しておもい立った旅行であるので、空白の時間の遅々たる歩みに辟易《へきえき》した。

「お客様、ゲームコーナーへでも行かれたらいかがですか。若い人たちやお子様連れなどもいらしって賑《にぎ》やかですわよ」

見かねたらしい仲居が勧めてくれた。さして興味を惹《ひ》かれなかったが、時間つぶしに行ってみようかという気になった。

新館の一角に設けられたゲームコーナーは仲居の言葉に反して閑散としていた。温泉旅館の午後、夕食前の一時は宿に着いた者にとって最も心楽しい時間であろう。ゲームコーナーなどで時間をつぶす者はいないようである。

ゲームマシンは都会にあるものよりも、一《ひと》時代古いものばかりである。ここでは手動式のパチンコが生き残っていた。最も初期のインベーダーゲームも健在である。

だがそのようなオールドタイプのほうが彼にとって親しみやすい。

手動パチンコでしばらく遊び、次に「水中銃ゲーム」をした。これは遊泳する魚を水中銃で射《う》つゲームである。得点数が多くなると魚の動きが速くなり複雑な動きをするのでなかなか当たらなくなる。潜水夫を射つと減点される。

一万八千点を得るとリプレイできるが、少し照準が狂っていて一万点に達するのが精一杯であった。何度かプレイを重ねているうちに疲労が積ってきてかえって成績が悪くなった。

疲労と共に急に空腹が意識された。時計を見るとそろそろ夕食の時間である。時間つぶしにはなったのである。

切り上げて帰りかけたとき、ゲーム機の上に貼紙があって、「最高得点者二万三千六百点、三月十五日御宿泊花守理香《はなもりりか》様東京」と書かれている。

優しげな名前からして女性らしいが、自分がいくら頑張ってもやっと一万点なのに、この狂った照準で二万三千六百点とは凄《すご》い腕だなと感嘆した。若い女性の雰囲気であるが、まさか一人で来たのではあるまい。連れがいたとすれば、家族か、夫か、恋人か、それとも会社の慰安旅行ででも来たのであろうか。

彼は、その最高得点者の身許《みもと》と旅行の種類をあれこれ心の中で詮索してみた。そんな詮索をしてもはじまらないのであるが、それも一人旅の無聊《ぶりょう》さからである。

ただ一人の夕食は味気なく、その後の長い夜はさらに味気なかった。

畑中教司《はたなかきようじ》は、人生に対する情熱を失っていた。一流商社の部長職まで務めたが、彼の属する派閥のボスが失脚した後、相次いで妻と一人息子を失ってやる気を失い、停年まで二年残して退職した。

生き馬の目を抜く商社では、緊張感を失っては生きていけない。高水圧に耐える深海魚のような商社マンが人生に対して去勢されてしまっては使いものにならなくなる。会社に迷惑をかける前に、潔く身を退《ひ》いたのである。退職金とこれまでの蓄えが多少あるので、すぐ生活に窮するということはない。

海外旅行でもして今後の方途を定めようかとおもったが、それも面倒くさかった。商社時代は各国を股にかけて歩いているので、いまさら外国に対する憧れもない。

毎日無為に過ごしているうちに、新婚旅行へ行った箱根《はこね》の宿へふと行ってみようかという気になった。結果は寂しさを嚙《か》みしめる旅となってしまったが、これが帰って来てみると意外に楽しい。寂しさと感傷を玩《もてあそ》ぶということは、人間が泣くことによって感情の平衡を保つように、心の葛藤の自救行為かもしれない。

退社してからの畑中の生活は気ままなものである。朝は大体六時ごろ目が覚める。お茶を一杯喫《の》んで、近所を三十分ほどマラソンする。そのマラソンもいいかげんなもので半分は歩いている。

けっこう早朝マラソンの常連がいて、顔なじみになっている。たがいに名前も素姓も知らないが、この「早朝の仲間」に会うのを楽しみに出かけていく。

マラソンから帰ると、朝食である。コーヒーを淹《い》れ、トーストをかじる。まことに味気ない朝食であるが、マラソンのおかげで食欲はある。妻が生きていたころと同じ銘柄のコーヒー豆を用い、同じような淹れ方をしているが、どうしても同じ味が出せない。苦すぎたり、コクが足りなかったりする。

元気なときは水か空気のような存在だとおもっていたが、先立たれてみると、彼女がどんなに自分の心の中に大きなスペースを占めていたかおもい知らされた。彼女がいないとなに一つ満足にできない。すべてが中途半端である。

多年連れ添った妻は異性と呼ぶにはあまりにも近い身内になっているが、それを失ったとき残された一方は双生児の片割《かたわれ》のように頼りなくなってしまう。もはや生きているのではなく、生命機能だけが存続している生存状態にすぎない。

朝食をゆっくり摂《と》りながら新聞に目を通す。なにしろ時間はふんだんにあるので隅から隅まで読む。会社勤めのころはまず経済欄や国際情勢に目がいったものだが、いまはまずラ・テ面（ラジオ・テレビ欄）である。それからスポーツ、社会、経済、国際と以前とは順序がまったく逆転した。

なにげなく紙面に走らせていた畑中の目が社会面の一隅に固定した。

――ホテル社員飛び下り自殺――という小さな見出しが付いていて、次のような記事がつづく。

――四月十三日午後十一時ごろ、東京都千代田区平河町《ひらかわちょう》二―××ホテルフェニックスのスポーツプラザの裏庭で若い女性が死んでいるのを同ホテルの従業員が発見した。死んでいた女性は同ホテル従業員花守理香さん（二一）＝目黒区柿《かき》の木坂《ざか》一の十×の十×サンハイム322号室＝で、スポーツプラザの屋上十二階から飛び下り自殺をした模様。麹町《こうじまち》署で花守さんの自殺の原因を調べている――

ただそれだけのいわゆるベタ記事であった。写真も付いていない。畑中はその名前に記憶があった。箱根の旅館のゲーム機の最高得点者と同姓同名である。珍しい名前であるから、同姓同名の別人ということはあるまい。

新聞は自殺と判断した理由などについてはいっさい触れていないが、この冷淡な扱いぶりからみても警察や新聞記者の興味をそそるような状況はなにもなかったのであろう。

畑中の記憶によると彼女が最高得点を出してから一ヵ月も経《た》っていない。その間に自殺をしなければならないような事情が発生したのであろうか。

畑中の瞼《まぶた》に楽しげにゲームに興じている若い女性の姿が想像された。会ったこともない赤の他人であるが、かなり美しい女性のような気がした。

ゲーム機で最高得点に挑んでいる姿は、幸福な図柄である。自殺に結びつくような翳《かげ》は見えない。その後彼女にいったい何が起きたのか。

自分の思案を追いはじめた畑中は、はっと我に返って苦笑した。幸福であろうと、自殺をしようと、自分には関係のないことであると気づいたのである。

花守理香なる女性は、旅の途次においてすれちがった人ですらない。強いていうなら同じゲーム機で遊んだ人間にすぎない。それすら同一人物かどうか確認されていないのである。

畑中は花守理香の自殺記事から別の記事へ目を向けた。

2

生活に窮していないとはいうものの、毎日無為の生活は疲れるものである。生来怠惰な性格であればべつであろうが、エコノミック・アニマルの尖兵《せんぺい》として商戦の只中《ただなか》で鎬《しのぎ》を削っていた身は、どんなに人生に情熱を失っていたとしても、無為に徹しきれない。

テレビも精々五時間、パチンコなどは三十分で飽きた。よい機械に当たっても、なんの技術介入の余地もなく、人間的な思考判断もせずに電動パチンコ台の前に三十分以上坐《すわ》っていると、全身が少しずつ腐っていくような気がした。あんなものとひねもすつき合っていられる人間はよほど忍耐力に富んでいるのであろう。

畑中はなんでもいいから仕事をしたくなった。まだ無為徒食人間として植物化する年齢ではない。だがさて職を探してみると、中高年の求職市場の厳しさをおもい知らされた。精々ある口は守衛、高速道路の料金係、有料駐車場の番人、各種集金人、各種セールスマン等であり、ちょっと魅力をそそられた高級マンションの管理人は「夫婦で住込み」という条件であった。

また「中高年」にも年齢制限があって、畑中はそれに引っかかった。彼はすでに労働市場では中高年以上であったのである。

ほぼあきらめながら新聞の求人欄を見ていると、「ハウス・ディテクティヴ募集」という字が目に入った。求人主はホテルフェニックスである。ホテルフェニックスといえば、花守理香が勤めていたホテルである。

――世界の客をもてなす一流ホテルの顔、人生経験豊かな人材を急募、歴持委細面談――

それだけの文言ではハウス・ディテクティヴがどんな仕事かわからないが、求人主に興味を惹かれた。花守理香のホテルに勤めてみるのもなにかの因縁であろう。「世界の客をもてなす」という惹句《じやつく》にも自分の商社のキャリアが役に立つような気がした。

「閑つぶしに応募してみるか」

畑中は重い腰を上げた。

ホテルフェニックスはホテル業界の老舗《しにせ》である。伝統に基いた肌理《きめ》細かいサービスを忘れぬ一方、時代のニーズにも合わせて積極的に施設を改善拡張し、規模においても都内有数のホテルとなっている。

畑中も商社マン時代、何度も利用している。

ホテルの人事課で型通りの面接をうけた。

「前職はかなりのポストにおられたようですがなぜお辞めになったのですか」

求職先ですでに何度も重ねられた質問をされた。

「停年までおりましても重役になれそうもありませんし、会社が退職勧告したのをきっかけに辞めました」

これも何度も反復した答えである。

「ハウス・ディテクティヴとはどんな仕事かご存知ですか」

相手は退職理由にこだわらずに新たな質問を発した。

「存じません」

「ホテルによってはロビーマネジャーとかアシスタントマネジャーとかグリーターとか称《よ》んでおりますが、一口に言えばロビーにいてお客様のさまざまなリクエストに応ずる職種です。もちろん苦情の処理も含まれます。夜勤が中心となり、ある程度人生経験豊富な人でないとできない仕事ですが、自信はありますか」

どうやら相手は畑中が気に入った様子であった。

「もしやらせていただけるならばベストを尽します」

畑中の答えは相手を満足させたらしい。その場で採用が決まった。一流ホテルにしては簡単な採用であるが、他の応募者がかなり厳しい面接テストを受けていたようであるから、畑中のキャリアが信用されたのであろう。

ホテルに入社して畑中はこれまで客として利用していたホテルとまったく別の裏面があることを知った。客が利用している場面はすべてホテルの表の顔である。それを支える裏面こそホテルの素顔であり、実質であった。

何事にも表裏はあるものであるが、これほど画然と分れている所も少ないであろう。お客が金を落とす、いわゆるホテルの生産的部分は、現代建築と意匠の粋《すい》を凝らして人間のための居心地よい空間が工夫されているのに対して、直接金を産まない裏面、特に従業員用のスペースなどは、省けるものはすべて省いた最小限の機能だけの単なる生存場所となっていた。

一流芸術家の手になる壁面をめぐらし、大シャンデリヤが眩《まばゆ》く照らす大宴会場から一歩裏へ入れば、剝《む》き出しのコンクリート壁に裸電球の通路が、窓一つない事務所や社員食堂や足脂のにおいのこもる休憩室へ導く。「プライベート」を表示されたドアが天国と地獄の境界である。

渦のない潮流

1

ひょんなきっかけからホテルフェニックスに入社した畑中の〝第二の人生〟が始まった。ハウス・ディテクティヴはホテルの「万相談所《よろず》」であった。各セクションで判断に余ったことはすべてハウス・ディテクティヴ（H・D）に回してよこした。

第二の人生のつもりであったが、忙しさは〝第一〟以上である。さまざまな客の苦情や多発する事件の処理にあたる一方、館内トイレットの案内までしなければならない。あたかも警察の各捜査課と派出所が一緒になったような趣きである。

勤務は日勤と夜勤が交代に回ってくる。前者は食事の時間も呼び出され、後者は午前三時～六時の間に一応あたえられている仮眠がほとんど取れない。だがベテランのH・Dたちは、殺人事件があっても、仮眠は取ると豪語している。

入社して二週間はあっという間に経過した。まだホテルマンとして西も東もわからなかったが、そこは年の功でソツなく仕事を「躱《かわ》して」きた。実際それは畑中にとって仕事を処理したというより、躱したというのが実感である。少なくとも担当した一個の仕事に対して一定期間の持続性と専属性があった。

商社マン時代の仕事は、多少の継続性があった。

だがホテルの仕事は、毎日異なった。客が変る都度、仕事の性格、種類、規模、様相などがガラリと変った。一日刻みで仕事の内容が一新する分野へ初めて来て、畑中はかなり面喰《めんくら》った。畑中の観念する仕事とは、その大小にかかわらず、多少の継続性の中で、それを完成するための努力が積み重ねられ、前の努力が後から加えられる努力の踏み台になるというものであった。

だがホテルのおおむねの仕事は、一つ一つ切り離されている。前の仕事において堆《つ》み重ねた努力が後の仕事の役にほとんど立たない。努力の結果が少しも蓄積されないのである。それぞれ別個独立した仕事がまったく無統一に一日刻みに、しかも同時にあるいは別々に殺到するのであるから「躱す」というのが、畑中の偽らざる実感であった。

入社して半月後のある日、畑中はH・Dデスクに坐っていた。朝のチェックアウト(出発)タイム帯を過ぎて館内がやや静けさを取り戻したときである。これから午後にかかると、到着客《チエックイン》や各種宴会や行事に出席する客が蝟集《いしゆう》して来る。

この時間を狙って接客各部署は早目の昼食を交代ですます。

まだあまり空腹ではなかったが、いまのうちに昼食を摂っておこうかと考えたとき、畑中と同年輩ぐらいの紳士が近寄って来た。どこかで出会っている顔であったが咄嗟《とっさ》におもいだせない。

先方も彼を知っているらしく明らかに表情を動かしている。

「やあこれは奇遇ですな。あなたがこのホテルにお勤めとは知りませんでした」

紳士は親しみをこめた声で話しかけてきた。

「最近入社したばかりなのです」

まだおもいだせない畑中は相手の素姓を探りながら適当に答えた。会話を転がしている間に相手の身許を示す手がかりを得ようとしたのである。

「それで最近こちらの方をご無沙汰されておられるのですね」

紳士は両手を腰だめに構えて走るジェスチャーをした。畑中は相手にどこで出会ったかをおもいだした。

「ああ、あなたはマラソンの……」

「そうです。最近あなたをお見かけしないのでどうされたのかとおもっていたのですよ。当ホテルへご就職されたとは、これもなにかのご縁ですな」

「いまでも走っておられますか」

「以前ほどではありませんが時々おもいだしたようにね。またご一緒に走りませんか」

「結構ですね。勤務にも馴《な》れてきましたのでまた走ろうとおもっていたのです。お伴《とも》させていただきます」

「それではまたお会いいたしましょう」

畑中が名前を聞く間もなく紳士は立ち去っていった。相手も畑中の名を敢《あ》えて聞かなかった。このホテルへ就職したのも縁だと言っていたから、関係者かもしれない。彼もまた畑中にすぐ再会できるとおもったので身許を詮索しなかったのであろう。

「凄いもんですな、畑中さんは社長とお知合いなんですね」

紳士が立ち去った後、H・D仲間の高野《たかの》が感嘆したように言った。

「社長ってだれがですか」

「あれっ、ご存知なかったのですか。犬飼《いぬかい》社長ですよ、このホテルの」

「いまの方がこのホテルの社長なのですか」

今度は畑中が驚く番である。

「こいつは驚いた。社長と知らずにお話ししていたのですか」

高野が大仰に驚いてみせた。

意外な邂逅《かいこう》であった。早朝マラソンのパートナーはホテルフェニックスの社長犬飼徳《のり》義《よし》であった。それもサラリーマン社長ではない。ホテルフェニックスは、徳義の曽祖父《そうそふ》が首都に外客を接遇し得るホテルのないのを恥じて私財を投げ打って建設したものである。途中、関東大震災、何度かの火災、戦災、戦後の接収などの試練を経て、今日都内有数のホテルとして生き残っているのも、犬飼一族の結束と、ホテルフェニックス〝中興の祖〟といわれる犬飼徳松《のりまつ》（徳義の父親）の経営手腕によるものである。何次にもわたる「ホテル戦国時代」と称される過当競争時代を常に時代を先取りした積極的な経営姿勢によって、乗り越え、経営基盤を確固たるものにした。現在、規模、売上げ等においてもトップクラスにランクされている。

その巨大ホテルのオーナー社長が、早朝マラソンのパートナーであったとは、畑中もびっくりした。

2

この邂逅をきっかけに犬飼徳義はよく畑中に声をかけてくれるようになった。勤務が不規則になったのと、徳義のほうも海外に新たなチェーンホテル建設計画が具体化してきたためにその後早朝マラソンを共にする機会は得られなかったが、その共通項が社長と社員という〝身分差〟を忘れさせ、気軽に話させた。

畑中もホテルでのし上がろうという野心はない。商社時代は有力派閥の一方に連なってかなりいい線を行っていたのであるが、もはやそのような生臭い上昇志向はない。ホテルフェニックスに入社したのも、あくまで「時間つぶし」である。

したがって一時期、「下駄《げた》」を預けただけであって忠誠《ロイヤリティ》などは一片も誓っていない。社員が社に対してロイヤリティを誓うのは、その社においてなに事か為《な》すことあらんを期しているからである。

時間つぶしに下駄を一時預けたにすぎない会社では、社長、重役であろうと対等に口をきける。これは商社時代にはできなかった芸当である。

徳義も畑中のそんなところが嬉《うれ》しかったらしい。彼の前では大ホテルの社長のいかめしいマスクを脱いで素顔で話した。もともと素顔で出会った二人である。

「父親がこんな馬鹿でかい遺産を残したものだから継がざるを得なかったが、本当は他になりたいものがあったんだよ」

徳義は畑中と二人になったとき声を潜めるようにして言った。

「何になりたかったのですか」

「何だとおもうかね。まったくいまの仕事と正反対の分野なんだ」

「さあ」

「いくら考えてもわからんだろうね、詩人だよ」

「詩人といいますと、あの詩をつくる……」

「詩人が詩以外の何をつくるかね。若いころ啄木《たくぼく》の歌やヘッセの詩に傾倒してね。彼らの詩歌は一見平明だろう。そこであのくらいの詩や歌なら自分にもつくれそうな気がしたんだな。詩人になりたいと言ったら親父《おやじ》がえらく怒って、どうしても詩人になると言い張るなら勘当だと言われたよ」

「それでお止《や》めになったのですか」

「いや、一時は勘当されてもいいとおもってね、盛んに短歌や散文詩をつくった。たまたま同人誌に載った短歌一首が反戦歌ということで特高に引っ張られて、拷問寸前のところを親父に救い出された。そのとき歌一つの決着もつけられない自分の無力をつくづく悟って止めたんだよ」

「その反戦歌とは、どういう歌だったのですか」

「歌なんてものじゃないがね、当時は学生が詠《よ》んだそんな歌までお上は弾圧したんだ。暗き夜に　自由の息吹絶えにけり　自由が丘なる地名残して　という歌だがね」

「それが反戦歌なのですか」

「当時は日本全体が狂っていた。それを夜ににかけて、いまや日本には自由は自由が丘という地名にしかないと皮肉ったつもりがいけなかったらしい。しかしぼくがまいったのは、詩人のつもりでつくった詩の尻拭いを親父にしてもらったことだよ。本当の詩人なら、自分の作品は一身にかえても守るよ。親父に特高から救い出されたとき、ぼくは詩人として駄目だなとおもった。つまり詩に負けたのだ。以後親父のカサの下に入って今日まで来た。それをべつに後悔もしていないがね」

徳義はてれくさそうに笑った。徳義はその穏健な人柄から社の内外に人望が篤《あつ》い。先代の戦闘的な姿勢と進取の気概こそないが、人の和を尊び、目先の利に転ばない知性的な広い視野は、ホテルフェニックスの大屋台の代表者としての十分な安定感がある。先代のような花やかさに欠けるうらみがあるが、先代が拡張した企業をよく守り、その経営を厳密に分析して欠陥を是正し、揺るぎない軌道の上に維持しているのは、やはり尋常ではない手腕である。

特に彼の代に入ってから供給過剰気味の客室を逸速《いちはや》くテナント（賃貸）に切り換えマルチホテル体制に移行したのは、時代を先見した英断であった。いまはテナント収入によって客室の季節性を完全に克服している。

ほんの一時の時間つぶしのつもりが、徳義との再会によって、なんとなく辞め難《にく》くなった。経営者は孤独である。畑中のように会社の運命や、自分の昇進にまったく無関心な人間との一時の会話が徳義のわずかな憩いになっているようである。

3

ホテルの利用客は単に「一夜の宿を求めて」泊まりに来る者は少数派になっている。この種の利用が「寝室的利用」で一時代前の主流であった。ホテルが限られた上流階級から一般に広く開放されて、冠婚葬祭、ビジネス、情事などに利用されるようになった。いまや若者たちがホテルを待ち合わせの場所に利用するのはごく一般的になっている。このようにホテルが開放されると、客の種類も多層雑多にならざるを得ない。とり澄ましたハイブローな特権階級だけを扱っていればよかったホテル側も、従来の客とホテルのサロン意識では、多層の客に対応しきれなくなる。

広く深い人生経験をもったハウス・ディテクティヴを他分野から募ったのもその現われである。ホテルの主たる商品は客室と飲食物（宴会）から成り立っているが、H・Dが扱う事件はおおむね客室関係である。

宴会や集会は、ホテル独特の密室性や匿名性がないので、たとえトラブルが発生してもホテル特有のものではない。

ホテルのホテルたるトラブルはおおむね客室において発生する。H・Dが扱う最も多い事件は男女関係のトラブルである。ホテルが保障した密室のプライバシーの中で、毎夜男と女のドラマというより葛藤が繰り広げられているのである。

出張して来たサラリーマンがホテトル嬢を呼んだのはよいが、酒を飲みすぎて不能となり、カッとなってホテトル嬢の首を絞めた。異常な気配を悟った隣室からの通報によって駆けつけるのが一瞬遅れれば、殺されてしまうところであった。

不倫の夫婦がホテルで鉢合わせをしたり、離婚した元夫婦がホテルで再会して、元夫が元妻を強引に部屋へ連れ込んで強姦《ごうかん》で訴えられたり、常識では判断できないような事件が発生する。

深夜酔って帰館し、部屋番号をまちがえて入室し、未知の女性とダブルベッドで同衾《どうきん》したまま朝まで過ごしたというケースがあった。当人たちの申立てによれば、何事もなかったということで事件にならなかったが、女性の部屋が半ドアでロックされていなかったことや、彼女の同行者が当夜帰館しなかったという偶然が重なって発生した極めて珍しいケースである。

これはホテル側にも責任がある。半ドアの状態によっては見分け難いが、パトロールの際、ロックされていないドアを発見して完全にロックするのは、ホテル側の責任である。

この事件以後、ドアの確認をより厳密に行なうようになった。

ある部屋に数人の女性が入れ替り入室するので不審をもって調べたところ、ある有名人がホテトル嬢を順番に呼んでいたことがわかった。

夜間、廊下をパトロールしていると、各客室の気配が漏れ出て、人生の万華鏡を覗《のぞ》き見る（聞く）ようである。各部屋相互には気配はあまり漏れないものであるが、廊下の方にはよく漏れる。パトロールしているほうが顔を赤らめてしまうような気配に出会うことがしばしばである。

Ｈ・Ｄはロビーに屯《たむろ》していて、パトロールはしないが、畑中は時折ガードマンに従《つ》いて館内を見まわる。ロビーに坐っていたのではわからないホテルの溜息《ためいき》のようなものが聞こえるからである。

畑中は男女の艶《なまめか》しい嬌声《きょうせい》を含むその溜息が好きであった。それはホテルの客となっていては決して聞くことのできない人生の溜息である。人生に対する野心を失った畑中にして初めてわかる夜の深い所から発している都会のうめき声であった。

野心も情熱もなく、寄り添うべき家族もなく、大都会の深夜、独り起きて働いているとき、そのうめき声は自分の精神と共振しているかのように夜の底を這《は》って聞こえてきた。

4

入社して一ヵ月後、畑中は図らずも自殺を企てた女性を救った。彼女は失恋したショックから恋人と初めて過ごしたおもいでのホテルで自殺をするつもりで投宿《チエックイン》した。致死量の睡眠薬を服《の》んでから、両親に訣別《けつべつ》の電話をかけたのである。

愕然《がくぜん》とした両親からホテルに救いを求めてきた。たまたま畑中が勤務に当たっていた。だが彼女は偽名で宿泊しており、部屋番号の手がかりがつかめない。一刻も早く救出して睡眠薬を吐き出させなければ、生命が危ない。

生憎《あいにく》当夜は満室に近い状態であった。畑中は一刻を争う状況の中で両親から娘との会話の内容を聞き出し、「開いた窓から東京タワーがよく見える」という言葉を手がかりに首尾よく部屋を割り出して女性を救出した。

東京タワーの見える部屋はホテル建物の一面だけであり、窓は客のリクエストがある場合にのみ開けるようにしている。畑中は、まず東京タワーの見える一面に限定し、「ウインドウオープン」の要請のあった部屋をしらみつぶしに当たって最短距離で部屋を割り出したのである。

畑中のこの際の働きが評価されて、消防庁から表彰状およびホテルから社長賞が下付された。人生のレースから下りたはずの畑中が意外な所で男を上げた形になった。

ホテルフェニックスは犬飼徳義を社長とした、犬飼一族による同族経営である。ホテルの組織は企画部、開発部、営業部、管理部に大別されている。企画部がスタッフ（参謀）的な位置にあり、ホテルの経営を動的長期的な視野でとらえ、時代のニーズに対応する柔軟な経営方針を立てる。開発部は複合《マルチ》ホテル体制に伴う賃貸、不動産、レジャーランド、レストラン、チェーンホテルなどの関連事業を管掌する。

営業部は第一営業部の客室と、第二営業部の飲食、第三営業部の調理部門から成る。

管理部は総務、経理、人事、仕入れなどを司《つかさど》るホテルの裏方であり、「バック」と称《よ》ばれる。

　徳義には二人の妹と三人の弟がいる。その中の一人は異母弟である。まず次弟の智和《ともかず》が副社長兼企画部長兼第一営業部長、三弟の勇助《ゆうすけ》が専務兼開発部長兼第二営業部長、異母弟の北裏正通《きたうらまさみち》が常務兼第三営業部長、長妹の婿の古沢禎一《ふるさわていいち》が取締役管理部長、次妹の婿矢切靖之《やぎりやすゆき》が取締役付（待遇）開発部次長といった具合に一族の者が会社の要所を悉《ことごと》く押えていた。

　智和は学究肌の守成タイプ、勇助は先代の進取の性質をそのままうけ継いで戦闘的である。また北裏はその名をもじって「裏事師」の仇名《あだな》があるほどの策士である。矢切はおとなしいだけが取得の凡質であるが、財界に顔がきく。父親が菱井銀行の副頭取であり、ホテルフェニックスの基幹銀行でもあるところから抜き難い勢力をもっている。

　これらの一族は、徳義の下によく結束して社業を守《も》り立てているように見える。だがそれはあくまでも外見だけであり、いずれも〝天下〟を狙って虎視眈々《こしたんたん》としている。特に智和と勇助は、ホテルの体質的対立部門である客室と飲食という二大営業部門を踏まえて熾烈《しれつ》な対抗意識を燃やしている。身内ほど対立は深刻になるというが、まさに骨肉あい食《は》む憎悪剝きだしのライバル意識にしばしば社業が支障をきたした。

　ホテルのサービスはチームワークの総和の上に生まれる。一個の営業部門だけではサービスの体《てい》をなさないのである。それは軍隊の戦力に似ている。

二人の対立を如実に示す事件があった。宿泊（客室）のセールスが千人級の大型団体を取ってきた。団体には食事が付きものである。客室は用意できたが、勇助の第二営業部が、突然千人の食事など賄えないと拒否したのである。ホテルに泊めるだけで食事は外食というわけにはいかない。外食となればそこまでの輸送も考えなければならず主催者に余計な出費と負担を強いる。

危うく流れそうになったところで徳義が割って入り、社長決裁でようやくおさまった。

だがこれは直ちに同種の報復をうけた。大型の宿泊を伴う宴会を取ってきた宴会セールスが、客室が満員だと断わられたのである。このとき生憎社長が海外出張中だったために窮した第二営業部は都内の他のホテルに分散して部屋を取り、送迎費を会社で負担して切り抜けた。

こんなことが相次いだために、第一営業部〝直営〟の飲食部、第二営業部〝直営〟の宿泊部の造設が真剣に検討された。まさに旧日本陸海軍の不和に輪をかけたような内部の対立である。

徳義はこの弟たちの不和に心を痛め、なんとか協調させようとしたが、彼らの不和はいまに始まったことではなかった。幼い頃から寄るとさわると喧嘩《けんか》をし、両親をして前世は仇敵《きゅうてき》同士だったのではないかと嘆かせたほどである。

事実性格だけでなく、顔つき、姿形、声質、趣味までが異なり、どこを探しても兄弟らしい相似性は一片も認められなかった。

智和は蒲柳《ほりゅう》の質で肌は白くひょろひょろとしており、理数に強く、内省的であり、対象を冷徹に分析する。それに対して勇助はスポーツ万能の健康優良児であり、色黒筋骨たくましい。直感にすぐれた勝負師的な性格であり事実賭け事に抜群に強い。その経営感覚は鋭く老舗ホテルが古い垣根に閉じこもって戦後のホテルオリンピックと称ばれるホテル建設、施設拡張ブームに遅れを取った中で、父や長兄を補佐して逸速く複合《マルチ》ホテル体制を完成させる推進力となった。

この二人が協調すると、申し分のない総合戦力となるのであるが、日を経るにしたがってその対立は深刻化してくるようである。

智和に北裏が、勇助に矢切が付いたものだから対立にますます拍車がかけられた。もはや企業内部の派閥抗争などには飽き飽きしている畑中であったが、図らずも再就職先に派閥争いの渦が巻いていた。だが野心さえなければ、その渦の外に立って高みの見物をしていられる。

人間の集まる所、派閥が生ずるのを防げない。派閥とは人間の潮流であり、派閥地図は権力の構図である。無力な個人が集団をつくり、集団に属し、集団の力を利用して自己の野心を実現しようとする。それは野心の力学と言ってもよい。

畑中のように野心を去勢された人間には集団の中にあっても野心の潮流がつくりだす

渦に巻き込まれることは決してない。

かつては自分もあの渦の中にあって必死に闘った。その結果が何であったか。いまの自分をサラリーマンの闘争に敗れた成れの果てともおもっていない。渦の中で揉《も》まれている間に野心が漂白してしまったのである。それも一種の敗北と言えぬこともないが、漂白された心身にとっては勝利すら大して意味をもっていなかった。

客に最高のホスピタリティを提供することを営業とするホテル内部に奉仕《サービス》の精神の反対要素である功利主義の争いが火花を散らしているとは意外であった。

拉致された朝

1

「どうだね。久しぶりに一緒に走らないかね。最近おたがいにすっかりご無沙汰のようだが」

入社後二ヵ月ほどしてようやく社内の事情に馴れたころ徳義が話しかけてきた。馴れぬ勤務ですっかり早朝マラソンから離れていたが、社長のほうも遠ざかっていたらしい。

「結構ですね。社長と時間が合いますか」

運動不足で下腹のせり出しが少々気になっていたところである。

「今度の日曜の朝はどうかね」

「ちょうど非番になっています。それでは例の円筒ポストの所で午前六時に落ち合いましょうか」

「よし決まった。遅れるなよ」

ている。

「社長こそ」

二人の〝デート〟は成立した。

日曜日午前六時、畑中は約束の場所の円筒ポストの所へ行った。最近のボックス型ポストに押されて珍しくなった昔ながらのポストが生き残っており、街のよい目印となっている。

「やあ、お早《は》よう。寝坊するとおもっていたがよく起きられたねえ」

紺のトレーニングウェアに身を固めた徳義がほぼ同時に来た。

「社長こそよく起きられましたね」

「正直言って少し辛《つら》かった。怠けていたものだから身体《からだ》がすっかり鈍《なま》ってしまった」

「私もです」

「こういうことは毎日やらないといかんね」

「同感です。ボチボチ行きますか」

「お手柔らかに頼むよ」

二人は朝靄《あさもや》をかき分けるようにして走りだした。日曜の早朝とあってまだ動くものの影はない。少し走り始めると、徳義が早くも息切れした。走るというより歩いているような速度であったが、やはりかなり衰えているようである。畑中は徳義に合わせてスローダウンした。それでも徳義は喘《あえ》いでいる。以前はそんなことはなかった。むしろ畑中のほうがようやく従いていく形であった。

「これはおもったより衰えているな」

「お疲れがたまっているのでしょう」

「昨夜は早く寝たんだがね」

「無理をなさらないほうがよいですよ。いまさら身体を鍛える必要はないのですから」

「そりゃあまあそうだが、つい少し前までできたことができないなんて癪《しゃく》に障るじゃないか」

「すぐにまたできるようになりますよ」

「そうだといいがね。どうも調子が出ない」

「散歩に切り換えましょう」

「いや、せっかく早起きしたんだ。きみ先へ行ってくれ、すぐに追いつく」

「私はこだわってはおりません」

「きみが歩調を合わせてくれるとおもうと気になる。初めのころのように、たがいに気ままにやろうじゃないか」

「社長がそうおっしゃるならそういたしましょう」

徳義のホテルに入社するまでは、たがいに会釈を交わす程度で特に申し合わせて一緒に走ったわけではない。たがいに早朝マラソンの常連として顔なじみになっただけで、それぞれが勝手気ままに走っていた。

たまたま一緒に走る形になってもそれはペースが一致したからにすぎない。畑中が野心をもっていれば徳義に取り入る絶好の機会と心得たであろうが、畑中にはそんな気持は一片もない。

畑中はできるだけゆっくり走り始めた。それでも徳義との距離は開くばかりである。朝靄がともすれば徳義の姿を霞《かす》ませる。畑中は途中で何度か足踏みして距離を調整したが、いっこうに両人の距離は縮まらない。

このとき畑中はふと徳義がどこか具合が悪いのではないかとおもった。ホテルフェニックスのような大屋台を背負っているトップマネージメントの心身にかかるプレッシャーは大変なものであろう。本人は大丈夫のつもりでもいつの間にか身体にガタがきているものである。

「社長、大丈夫ですか」

畑中は何度も振り返って後方に声をかけた。

「大丈夫だよ。気にせずに先へ行きたまえ」

その都度元気そうな声が返ってきた。だがそれも精一杯元気を装っているように感じられた。

澱《よど》んでいた靄が動きかけ、街は目覚めかけている。途中で牛乳配達や新聞配達とすれちがった。背後から車の気配が近づいて来た。畑中は振り返った。

「社長……」と呼びかけて、徳義の姿が消えているのに気づいた。朝靄は晴れかかっており、見通しはだいぶよくなっている。横道へ逸《そ》れたのか。それならばなぜちょっと声をかけてくれなかったのか。畑中に気を遣わせまいとする配慮からか。

後方から来た乗用車がスピードをあげて畑中の傍《そば》を通りすぎた。束《つか》の間《ま》車内をチラリと見た畑中の目に徳義の横顔が映ったように感じた。はっとして確かめようと目を凝らしたときにはすでに通り過ぎていた。

社長がなぜ黙って車へ乗ったのかそれも社長かどうか確認したわけではない。一瞬の目の錯覚であったかもしれない。咄嗟のことだったのでナンバーも確かめ損ってしまった。グリーンの小型国産車としか印象に残っていない。

身体の具合がおもわしくないので、たまたま通りかかった知合いの車に便乗させてもらって帰宅したのかもしれない。それにしても一言ぐらいことわってくれてもよさそうなものを。

だが車に乗らなかった場合も考えて畑中は引き返してみた。ちょうど畑中が最後に声をかけた地点に白いものが落ちている。近寄ってみるとそれは徳義が使っていたタオルハンケチであった。

知人の車に同乗するのに、なぜハンケチを落としていったのか。そんなに切羽つまっていたのか。畑中の中で不安が急速に脹《ふく》れ上がってきた。

生憎社長宅の電話番号は控えてない。

ちょうどかたわらに電話ボックスがあり、電話帳が備えてあった。探し当てた番号をダイヤルするとお手伝いらしい眠そうな声が応答した。

「社長はお帰りになっていらっしゃいますか」

畑中は前置きを省いて尋ねた。

「あのう旦那様はマラソンにお出かけになっていらっしゃいます」

「そのマラソンからまだお帰りになっていらっしゃいませんか」

「まだのようですが、あなた様はどちら様ですか」

「これは失礼いたしました。私はホテルの社員で畑中と申しますが今朝社長と一緒にマラソンをした者です」

「あらそれではあなた様のほうが旦那様がお帰りになったかどうかよくご存知でしょう」

「途中でお別れしたのです。いえ突然社長のお姿が見えなくなったものですから」

「見えなくなったってどういうことですか」

お手伝いには畑中の言っていることがよくわからないらしい。畑中自身にもよくわからないのである。

「つまりそのう急に消えてしまわれたのです。それで先にお帰りになられていないかとおもいまして」

「消えたなんて忍者みたい」

若いお手伝いは面白そうにコロコロと笑うと、

「でもまだお帰りではございません。よくマラソンのお帰りに喫茶店やサウナへお寄りになることがございますからまた道草を食っておられるのだとおもいます」

お手伝いは意にも介していないようである。だがモーニングコーヒーやサウナの憩いとはどこか不調和なにおいがあるのである。

相手が落ち着いているのに無理に不安を植えつけるわけにもいかない。畑中の取越し苦労かもしれないのである。ともかく暫時様子を見ることにした。

2

徳義は午後になっても帰宅しなかった。トレーニングウェアを着て遠方まで外出したとは考えられない。早朝マラソンであるから所持金もあまりないはずである。

畑中の連絡によって、徳義の家族も心配を始めた。徳義は妻の富枝《とみえ》との間に二人の子がいる。長男の徳一《のりかず》は二年前に大学を卒《お》えて、現在ニューヨークの提携ホテルで実習中である。長女雅枝《まさえ》は都内の名門私立女子大三年生である。渋谷区大山町《おおやまちょう》にある邸宅には、家族とお手伝いが二名住んでいる。

午後の早い時間帯は、まだどこかへ立ち寄っているのではないかと希望をつないでいた。だが時間が経過するほどに不安が脹れ上がってきた。

立ち回りそうな先はすべて当たってみたが、どこへも行っていない。途中で具合が悪くなってもよりの病院へでも駆け込んだ可能性を考えたが、当日は日曜日で、もよりの病院、医院は患者を受けつけていなかった。それにそのような場合はまず畑中に救いを求めるはずであった。

畑中は責任を感じていた。自分が付いていながら、徳義は忽然《こつぜん》と姿を晦《くら》ましてしまったのである。午後三時になって畑中の勧めで警察へ連絡することにした。

これが誘拐だとすれば、まず身代金目的が考えられる。とすると、犯人から身代金の要求があるはずである。

「警察に連絡して主人の命が危なくならないでしょうか」

富枝夫人が案じた。

「犯人の意図が不明なのですから警察へ連絡しておいたほうがよいとおもいます。必ずしも身代金が目的ではなく、社長になんらかの怨《うら》みを抱いている者が、監禁か誘拐したとすれば早く警察へ届け出ないと手遅れになるかもわかりません」

「主人は人から怨みをかうような人間ではありません」

「ホテルフェニックスのような大屋台を背負っておられる方ですからどこでどんな怨みを含まれているかわかりませんよ。それに奥様にははなはだうかがい難いことですが……」

「何でしょう」

「社長には特に親しくされていたような女性はいませんでしたか」

「女がからんでいるとおっしゃるの」

夫人の声がややキッとなった。

「可能性を考えているのです」

「私の知っているかぎり主人にはそのような女性はいなかったとおもいます」

しかし女の存在を妻に秘匿するのは当然である。ともあれ畑中の説得によって警察に連絡された。

3

犬飼家からの通報に基いて所轄の代々木《よよぎ》署は非常招集をかけ警視庁捜査本部と協議の上とりあえず刑事課長以下数名の捜査員を犬飼邸に秘匿急派した。

被拐取者《ひかいしゅしゃ》犬飼徳義と一緒に早朝マラソンをしていたホテルフェニックス社員畑中教司の申立てによれば拉致事件が発生したのは六月十七日午前六時十五分ごろである。それからすでに九時間以上経過するも犯人からなんの連絡もない。

もし犯人の狙いが高額所得者を誘拐しての身代金奪取を目的としているものであれば、必ずなんらかの連絡があるはずである。それがいまだになんにも言ってこないのは、犯人の目的が身代金以外の所にもある可能性を示唆するものである。

被拐取者は、都内有数のホテルの社長でもあり、財界においても一方の旗頭たるＶＩＰであるので、どのような複雑な人間関係や利権の渦中にあるかわからない。

ともかく犯人からの連絡に備えて犬飼邸の電話機に録音装置、逆探知装置を仕掛け、家族、関係者から詳細な事情聴取にあたった。

代々木署には特別捜査本部が設置され、刑事部長、捜査一課、機動捜査隊長、同隊員、特殊事件捜査係員などが続々と駆けつけて来た。

警視庁でも被害者が大企業の経営者なので、背後関係を重視し、犯人からの連絡電話を待つ一方家人からの事情聴取および関係各方面の秘匿聞込みを進めた。

だが時間は徒《いたず》らに経過するのみで犯人からの連絡はこなかった。

犯人の意図がわからないことには手の打ちようがない。犯人の意図が身代金にないとなると何が狙いか。

まず考えられるのは、被害者本人に怨みを含んでいる場合である。誘拐後時をおかず殺害して人里離れた山中や海中に死体を捨てられれば、犯人の追及は極めて難しくなる。

次に被害者本人の意志による場合がある。本人に姿を隠したいなんらかの理由があって、誘拐を偽装した可能性も考えられる。

第三に身代金要求や怨みや本人の意志はないが、被害者の誘拐がなんらかの利益につながる場合である。これはさらに二つの場合に分れる。一は短期の誘拐、二は長期あるいは永久的な誘拐すなわち抹殺である。

以上の想定の下に秘匿捜査が進められた。まず一の怨恨に関しては被害者が個人的な怨恨を含まれるような人柄ではないことがわかった。経営者として視野が広く包容力に富み、社員や財界において人望が篤い。

だが巨大ホテルのヘッドとして毎日内外からの無数の客を接遇し、経営分野が多角的に拡大しているので、どこでどんな怨みをかっているかわからない。個人以外の怨みや動機となると雲をつかむようなものである。

次に本人の意志であるが、どう洗っても、現在本人が姿を晦まさなければならない理由は浮かんでこなかった。

四百億円投じた新館がようやく完成し、複合ホテル体制も軌道に乗りかけて、全社員を集めて積極経営宣言をした直後である。新館建設に伴う金利による利益の圧迫を社長を中軸に全社一丸となってはね返していかなければならない大切な時期であり、徳義も大いに張り切っていた。

家庭は円満でありなんのトラブルもない。特別に親しい女性もいない模様である。つまり公私共に最も充実していた時期であった。

第三説については多少の素地が考えられる。被害者がいなくなって利益を得る者には、ホテルの経営の要路に坐っている彼の一族がいる。とりあえずナンバーツーマンである次弟智和の社長昇格が考えられる。三弟勇助、異母弟北裏正通、長妹婿の古沢禎一、次妹婿矢切靖之などがそれぞれ順押しに昇任するであろう。

また相続については妻の富枝、長男の徳一、長女雅枝がいる。

だが、社長や上位のポストを狙って徳義を不法に排除したというのも飛躍がある。非常な危険を伴ううえに、そんなことをせずとも徳義が退陣すれば回ってくるポストである。

仮に一族のだれかが社長ポストを狙って徳義を排除したとしても、排除者がそのポストに坐れるかどうかわからない。

特に智和と勇助の社内の勢力は伯仲している。智和のほうが名目的にはナンバーツーであるが、戦闘的な勇助が学究肌の智和を経営の諸面で圧している。次期社長はまったく予断を許さない。

相続問題に関しては論外である。妻も子供も夫と父を尊敬している。妻は寝込むほど夫の身を案じており、徳一はアメリカから急遽《きゅうきょ》帰国して来た。

突き落とされた誘拐

1

　犬飼徳義が誘拐されたまま三日間が経過した。その間犯人からなんの音沙汰もなかった。事件は発生翌日から報道された。犯人の意図が不明なので捜査を公開して一般の協力を呼びかけたのである。

　夥《おびただ》しい情報が寄せられたが、犯人および被害者に結びつくものはなかった。捜査本部の焦燥は高まり、家族は絶望に傾斜していった。

　もうすでに殺されて死体を山中深く埋められたか、海の底へ沈められてしまったのではなかろうか。

　犯人は被害者の生命のみを要求して、完全犯罪を達成した頂上から捜査陣と家族の焦燥と絶望を嘲笑しているのではなかろうか。

　だが事件は急転直下の解決ならぬ〝展開〟を見せた。三日目午後、目黒区八雲《やくも》三丁目の空地の中へ有刺鉄線の垣を越えて入り込んだ数人の腕白少年共は空地の中央にある穴の底から弱々しく聞こえてくる救いを求める声を聞きつけた。

空地には雑草がおい繁《しげ》り、その中央になにかの工事をしかけて中止した際に穿《うが》たれた深い穴がそのまま残されている。近所の人間でも無関心の者はそこにそんな穴があることを知らない。

穴の縁《ふち》から恐る恐る覗き込んだ少年たちはその底に一人の人間がいるのにびっくり仰天して家へ帰り親に告げた。半信半疑の親が駆けつけてみると、確かに穴に人間がいる。一一九番されて救急隊が来た。ようやく救出された穴底の人間が、ホテルフェニックス社長犬飼徳義と名乗ったので、救急隊から警察へ連絡された。

徳義の衰弱が激しいので、ひとまずもよりの国立第二病院へ収容されて手当をうけた。ようやく口をきける程度に回復したところで捜査本部は本人から事情を聴いた。

「六月十七日朝マラソンをしていたところ後ろから走って来た車からマスクとサングラスをつけた男が飛び出して刃物を押し当てると車の中へ押し込まれてあの穴のある空地へ運ばれて行きました。犯人グループは車の運転手の他に二人いたようですが、車へ押し込まれるとほぼ同時に手足を縛られ猿轡《さるぐつわ》と目隠しをされてしまったので、若い男というほかは人相特徴を憶《おぼ》えておりません」

――犯人グループは何か言いましたか――

「まったく無言でした。猿轡をかまされる前に私がきみたちはだれか、なぜこんなことをするのかと詰問しましたが一切答えませんでした」

——誘拐直後に穴へ落とされたのですか——

「そうです。車に乗せられていたのは、十分くらいでした。車のまま空地の中へ乗り入れ、車から引き出されると直ちに穴へ突き落とされたのです。穴に落とされてからしばらくもがいているうちに手足の縄が緩んできたので、猿轡と目隠しを取り、声をあげて救いを求めたのですが、子供に見つけられるまでだれも来てくれませんでした。まさか家からこんな近い場所だとはおもいませんでした」

——犯人は飲食物を一切残していきませんでしたか——

「残しませんでした」

——目隠しと猿轡は何を使っていましたか——

「タオル、いや手拭いだったとおもいます」

——それはどうしましたか——

「どうしたというと？」

——穴から出るときもってきましたか——

「さあ、よく憶えていないが、その後身辺に見当たらないので穴の底に残してきたとおもいます」

——手足を縛ったロープは——

「もちろん穴に残してきたとおもいます」

——なぜそんなことをされたのか、あなたに心当たりはありませんか——

「まったくありません。時々車の音や人の声が聞こえてきたので人里離れた所だとはおもいませんでしたが、それだけに町中でだれにも知られることなく死んでいく恐怖は形容し難いものでした。三日間飲まず食わずであのとき子供が見つけてくれなかったらとおもうとゾッとします。なんでこんなひどいことをするのか、心当たりがないだけに余計無気味です」

その後記者会見が行なわれてほぼ同じ様な質疑応答が交わされた。

2

犬飼徳義が救出された後、穴の現場検証が行なわれた。

現場の穴は深さ約六メートル、地上の開口部が壺《つぼ》の口のように狭くなっているために壁が上方へいくに従いせり出している。この逆勾配に阻まれてなにか道具がないかぎり穴の底から脱出できない。

地主は危険なので有刺鉄線で空地を囲い、穴のかたわらにその所在を示す立て札をたてていた。近く埋め立ても考えていたそうである。

犯人グループが有刺鉄線の垣を開いて車ごと空地へ乗り入れた事実をみても土地鑑があったことは明らかである。おそらく穴の底にまで下りて、単独では這い上がれないことまで調べておいたのであろう。

都会の真ん中とはいえ、穴の底からの声は空地の外へ達しない。有刺鉄線の障害を潜《くぐ》って侵入した腕白少年が聞きつけなければ危ないところであった。

犯人一味には殺意があった。それもひとおもいに殺すのではなく、じわじわと恐怖を味わわせながらゆっくりと殺すむごいやり方である。

捜査本部は事件の悪質なことを重視して、「穴底突き落とし殺人未遂事件捜査本部」として捜査を継続することになった。

徳義は三日後自宅へ帰って来た。身体に傷害をうけたわけではなく、三日間一切の飲食物を摂取せず穴の中に放置された衰弱と恐怖によるダメージなので十分な休養と栄養をとることによって肉体的な衰弱は速やかに回復した。

だが、精神にうけたショックはかなり大きく、当分自宅で休養を取ることになった。

一緒にマラソンをしていて徳義を誘拐された畑中は責任を感じていた。たとえ考えぬかれた計画的犯行であっても、あのとき自分が徳義のかたわらから離れていなかったならばべつの展開になったかもしれない。

畑中は徳義が退院したと聞いて社長邸へ見舞いに行った。

「社長、私が一緒におりながら申しわけございません」

畑中は徳義の前に深々と頭を下げた。

「きみのせいではないさ。彼らはずっと狙っていたのだ。あのときやられなかったとしても、きっといつかはやられたよ。寒い季節でなくて助かった。天候も幸いした。大雨でも降って水浸しになれば餓《う》え死にする前に溺れ死ぬところだった。私は泳げないからね」

徳義はおもったより元気そうであった。

「ご身辺に十分ご注意遊ばして下さい」

「これからも来るというのかね」

徳義は急に不安げになった。

「犯人一味が社長のお命を狙っているのであれば目的を達さなかったことになります。これから来ないという保証はございません」

「実は警察には話さなかったことがあるんだ」

徳義は急に声を潜めるように言った。

「何ですか」

畑中は緊張した。警察にも黙秘していたことを彼に打ち明けようとしている徳義の負託に対して緊張したのである。一緒にマラソンをしていた畑中に特別の意識があるのであろう。

「犯人の一人が、穴へぼくを突き落とす前に、運がよければたすかるだろう、あんたの運を祈れってね」

徳義はその意味を問うように顔を覗き込んだ。

「運がよければたすかると言ったのですか」

「そうだ。つまり、子供が空地に入り込んで来るような幸運があれば助かるというような意味だろう」

「なぜそんなことを言ったのでしょう」

「わからんかね」

「つまり犯人には確実に殺そうという意志はなかった」

「そうだ。だから気候のいい好天の時期を選んだ。そうでなければ寒い悪天候の時期に行なったはずだ。あるいは人里離れた場所に自由を拘束して放置してもよい。それをしなかったということは、救《たす》かるチャンスをあたえたかったからではないだろうか」

「なるほど。だから犯人は再びやって来ないとおっしゃるのですね」

「そうだよ。犯人の狙いはぼくに死の恐怖を味わわせるだけでよかった。その意図は十分に果たしたことになる」

「やや楽観的な見方のような気もいたしますが、なぜそれを警察におっしゃらなかったのですか」

「犯人が憎いからだよ。犯人に確実に殺す意志はなかったようだなどと言えば警察の捜査に熱が入らなくなる。救かるチャンスがあったかもしれないということは、なかったかもしれないということだ。きみ、穴の底で三日間放置された恐怖がどんなものかわかるかね。穴の上に小さな空が見える。時々雲や鳥や時には飛行機が飛んでいく。町の楽しげな気配も聞こえてくる。町の気配が届くなら私の救いを求める声も届くはずだとのどがつぶれるほど叫んでもだれも救いに来てくれない。死と対《むか》い合って何を考えたとおもう。いろいろ考えたはずだが恐怖に押しつぶされておもいだせないのだ。救い出されてから連夜夢精するんだ。この齢《とし》で夢精なんて稀有《けう》なことだよ。それも穴の中に生き埋めになる夢を見て精を漏らしている。極端な恐怖は夢精を誘発するのだね。きみ、この手を見てくれ」

徳義が目の前にかざした両手を見て畑中は凝然となった。十本の爪が悉く剝がれかけていた。穴の壁を這い上がろうとして剝がれたのであろう。

犯人の言葉通りの〝捨てぜりふ〟から推測すると、「未必の故意」ということになるのであろうか。すなわち、確定的な殺意はないが、自分の行為によって相手を死に到《いた》らしめるようなことがあってもかまわないと、行為による結果の発生を否定していない場合である。

「まあきみの忠告を聞いて当分の間身辺には十分注意するよ。会社の方でガードマンを付けてくれるらしい」

徳義は不安を隠さなかった。犯人の未必の故意に頼って警戒の構えを解くわけにはいかないのである。

社敵の挑戦

1

　畑中の予測は的中した。徳義が帰宅して二日後、都内の大手新聞各社宛に、次の文章の脅迫状が送られてきたのである。

　――ホテルフェニックス首脳陣に告ぐ。ホテルはチェーンホテルおよび関連企業を含めて、全営業をこの手紙がマスコミに発表された日の翌日から一ヵ月間停止せよ。要求に従わないときは、同ホテルの飲食物、販売商品に毒物を混入する。混入の対象はチェーンホテル、関連企業のすべてにわたる――

　脅迫状はポイント不同の活字を切り抜いて貼り合わせたものである。毎朝新聞宛のがオリジナルで、他の社宛のものはそのコピーであった。

　ホテルフェニックスは資本金十五億円、客室数千二百の本館に加えて九百室の新館タワーが完成して二千百室を擁する超マンモスホテルとなった。これを中軸として全国主要都市に十一、海外に六のチェーンホテル網を展開している。

さらに別会社方式で「イン」をチェーン展開するほか、高級ビジネスマンションを手がけている。ホテル直営のレストラン、宴会場なども傘下にかかえてまさにマルチホテルの体制を整えている。

従業員は東京〝本店〟だけで約千七百名である。この広範囲にわたるホテルの営業を一日も停止するわけにはいかない。

ホテルの主たる営業は「予約」によって支えられている。ホテルの客室が単に一夜の宿を提供するに留《とど》まらないことは先にも紹介したとおりであるが、ホテルの主力商品に客室と並んで飲食物がある。ホテルフェニックスの場合、飲食の売上げが、客室のそれに比べて約二倍に達するほど、その営業に占める割合が大きい。

飲食売上げの中心となるものが「宴会」である。結婚式、法事、謝恩会、クラス会、企業の新製品発表会、国際会議、各種パーティなどおよそありとあらゆる種類の集会がホテルで開かれる。

これら宴会はかなり前広《まえびろ》に予約をして会場を押えて準備するのが普通である。客室のように予約無しの飛び込み宴会というものはない。

これを犯人の脅迫に従って営業を停止すれば、宿泊、宴会の予約のすべてをキャンセルしなければならない。何年も前から準備を重ねている国際会議などは契約違反や単なる損害賠償ですませられる問題ではなくなる。

これを犯人は営業全範囲にわたって一ヵ月間停止せよと言ってきているのである。できないのを承知で難題を吹きかけているのであった。

脅迫状だけであれば、マスコミも悪質ないたずらとして黙殺するか、取り上げても小さな扱いにしたであろう。

だが社長誘拐という素地の上に為された脅迫であったのでいずれも大々的に取り上げた。

ホテルフェニックスは驚愕《きょうがく》した。営業全範囲を対象に毒物を混入すると脅かされては対応のしようがない。

ホテルフェニックスの飲食物となると膨大である。まず各種宴会場にサーヴされる飲食物、客室に出されるルームサービス、ホテル内の食堂、グリル、コーヒーショップ、バーなどにおける食事や飲料、これにホテル特製の菓子、パン、マーガリン、アイスクリーム、冷凍食品、中国料理セットなどがホテル内の売店や全国デパートとスーパーにおいて販売されている。

これらに毒物を混入されるのを防ぐ手だてはない。包装された製品ならば、包装の破れから発見できるが、宴会場や食堂などに潜入されてテーブルに盛り上げられた料理に毒を仕掛けられたらお手上げである。

犯人からの脅迫状がマスコミに公表されると、宴会予約の取消しが相次いだ。国際会議や縁起を貴ぶ結婚披露宴が真っ先に取り消されていく。ホテルの宴会は宿泊を伴っている。宴会と宿泊がセットになっての取消しは、ホテルの二大主力商品が心中することになる。

つづいて政府関係のＶＩＰの宿泊がキャンセルされた。政府が招待した重要な外客に毒物など食わせたら国際問題になる。たとえ犯人の脅しであっても危険は冒せなかった。取消しは、一年二年先の予約にまでわたった。脅迫状の影響は本社だけではなかった。全国チェーンホテル、チェーンイン、関連レストラン、旅館、宴会場などが軒並み予約を取消され大幅に売上げがダウンした。

さすがにまだ海外のチェーンにまでは波及していなかったが、予断を許さない状況であった。

デパートや大手スーパーではホテルフェニックスの製品を販売停止にした。毒物製品を販売すれば、フェニックスだけではなく、それを売った者の名前と信用が傷つく。

食品は安全という社会的信用の上に売買される。それを突き崩した犯人の卑劣さを憎みながらも、自社の管理の下に犯人と闘おうという者はなかった。そんな抵抗をして、見えざる犯人に目をつけられ、フェニックス製品のみならず全商品に毒を入れるぞなどと脅されたら、フェニックスの災難を肩がわりしてしまう。

捜査本部は事態を重視した。本部はこれだけ執拗《しつよう》にいやがらせをする犯人の動機を怨恨とみて、

一、部内者

A、ホテル現役従業員

B、ホテルの退職従業員

二、関係者（傘下各企業、事務所）

三、客

の三つの筋に分けて洗うことにした。この中最も濃い筋は一Bである。まず一を考えたのは、脅迫状の内容がホテルの弱みを知っていることと、ホテルの内部に入り込まないとできない行為を示唆していたからである。

現役よりは退職者のほうが怨みを含みやすい。退職の理由に怨みが潜んでいる可能性も大きい。二の関係者はこれに準ずる。

三の客は最も可能性が低いが、除外できない。ホテルのサービスに不都合があってどこかで客の怨みをかっているかわからない。

だが客となると捜査対象が無限に拡大してしまう。捜査本部はここ数年の退職者に焦点を絞って捜査を進めることにした。

脅迫状が公表されてから徳義は出社して連日重役幹部を集めて対策を協議した。いくら協議しても決定的な解決策は出なかった。これが犯人が金品を要求でもすれば取引することもできるが、犯人は一切取引を求めていない。

季節は夏に向かっている。夏から秋にかけては国際会議のシーズンであり、重要な国際会議が目白押しである。なんとかそれまでに事件が解決しないことには、フェニックスの国際的信用は地に墜《お》ちて回復できないであろう。

犯人が捕えられれば、取消された予約も戻って来るだろう。

客足は日増しに遠のいていた。

五月および六月前半の客室稼働率一日平均九四パーセントが、犯人の脅迫が始まってから五〇パーセントを下回った。宴会部門、食堂部門の売上げは惨憺《さんたん》たるものであった。畑中がH・Dデスクに坐っていても、館内を隙間風が吹き抜けるようであった。

宿泊客からH・Dデスクに問い合わせが殺到してくる。その大半が水道の水は飲めるかというものである。宿泊してもルームサービスのオーダーはしない。みな外へ食べに行く。食堂やバーは閑古鳥が鳴いた。

客の不安は従業員にまで伝染した。従業員食堂で食べず、弁当をもってくる者が増えた。

2

六月三十日全社員がホテル最大の宴会場クリスタルルームに集められた。全重役も顔を揃《そろ》えている。緊迫した雰囲気であった。

「ただいまから社長の重大なお話があります。みなさんは心して聞いてください」

まず総務部長の緒方《おがた》が立って簡単な挨拶をした。緒方の前置きが社員の緊張をますます高めた。犬飼徳義が演壇中央に立った。会場が油を敷きつめたように静まった。

「みなさんご承知のようにいま我が社は未曽有《みぞう》の困難に直面しております。姿なき犯人の脅迫の前に社業は危機に瀕《ひん》し、このままいけば犯人の要求に屈するまでもなく営業を閉鎖せざるを得なくなるでしょう」

騒《ざわ》めきが起きた。だがそれは束の間でさらに重苦しい沈黙によって統一された。

「いったいだれが何の目的で我が社の営業を脅かしているのか。犯人も動機も目的も目下かいもく不明です。社はいまや創立以来未曽有の〝社難〟とも呼ぶべき苦況に陥っていると言ってよいでしょう。そこで社長として全重役を代表して社員のみな様におねがいしたい」

ここで徳義は一段と声を励ました。

「社員一丸となってこの危機を乗り越えていただきたい。小さなセクショナリズムや派閥の対立を忘れ一体となって社難に当たっていただきたい。この危機を克服するために重役たちにできることがあれば重役たちに言ってもらいたい。私たちにできることがあればなんでもします。同時にみなさんにもおねがいします。社員の一人一人がこの社敵とも言うべき犯人に対して敵愾心《てきがいしん》を燃やして、犯人を探していただきたい。犯人はどこかで我がホテルに怨みを含んでいる者にちがいありません。警察まかせにすることなく、社員一人一人が犯人追及に協力すれば必ずなんらかの成果があるはずです。

みなさんだけでなく、ご家族、親戚、友人、知人にも頼んでください。どんな些細《ささい》な心当たり、小さな情報でも知らせてください。ホテルフェニックス創業九十年の歴史と千七百名の社員、家族や関連会社の社員を含めれば膨大な人数の生活を破壊することはできないのです。社長としてみなさんに繰り返しおねがいします。どうか全社員一丸となってこの社難を克服してください」

徳義の訓示は悲痛であったが、確実に全社員の胸を射た。彼は社員だけでなく、重役たちにも派閥の対立を止め、一体となって社敵に当たれと訴えたのである。

特命調査

1

翌日畑中は社長から呼ばれた。

何事かと社長室へ赴くと、徳義が秘書すら遠ざけて待っていた。ここ数日の間にめっきり白いものが増え、頬が削《そ》げている。

「なにかご用事ですか」

畑中は手探りするように尋ねた。社長室へ呼び出されたのは初めてである。だいたい社長はH・Dなどに用事はない。

「ああ、よく来てくれた。実はきみに折入って頼みがあるんだ」

徳義は改まった口調で言った。

「どんなことでございましょう」

「まあかけたまえ」

徳義はかたわらのソファーを指さして、

「きみに内緒で調べてもらいたいのだ」

「私に調べろとおっしゃいますと」

徳義はおもわせぶりにだれもいるはずのない周囲の気配をうかがってから、一段と声を低めて、

「犯人だよ。この一連の事件の犯人をきみに密《ひそ》かに探してもらいたい」

「犯人を……私がですか」

畑中は愕然とした。おもってもいなかった依頼である。

「そうだ、ぜひきみに頼みたい」

「私は刑事でも探偵でもありません。警察が捜査本部を設けて捜査しているかたわらで素人の私になにもできるはずがありません」

「だからこそきみに頼んでいるのだ。警察は大勢が組織として動きまわっているので、小まわりがきかない。きみにはホテルの社員という立場と身分をフルに活用して動いてもらいたい。必要なことはなんでもさせよう。きみには当分この仕事に専念してもらいたいのだ」

「私には荷がかちすぎます。せっかくのご負託に応えられないとおもいます」

「入社以来のきみをずっと見てきたつもりだよ。犯人の再挑戦を予言したのもきみだ。

プロの警察とはまたちがった視点があるだろう。どうかな、私の是非なる頼みだ。受けてはもらえまいか」

徳義は畑中の前に手を突かんばかりにして頼んだ。

「社長、一つお尋ねします。なぜ私にこのような調査をお命じになるのですか、どうして警察に任せておかないのですか」

「昨日の私の訓示を聞いてくれただろう。いま我々は社創立以来の社難に直面している。犯人の意図がまったくわからないだけに無気味だ。しかし警察が犯人を捕まえた場合、どんな意図が明らかにされるかわからない。私はそれを恐れている。犯人は捕えなければならないが、そのことによってホテルの名前を傷つけるようなことがあってはならないのだ。そのためにできれば警察より先回りしたい。警察は経験と組織力があるが、我々は警察よりも資料に恵まれている。きみならきっと独自の視点から警察の盲点を見つけてくれるだろう」

社長特命によって誘拐、脅迫犯人の捜査を担当することになった。素人の自分が警察を先まわりすることなどおもいもおよばないが、「岡目《おかめ》八目《はちもく》」という言葉もある。それに部外者である警察に対して畑中は部内者である。その意味では警察の死角にある「部内《プライベート》」の奥まで視野に入れられる。

犯人はホテルの営業を停止しないかぎり、営業領域に毒物を混入すると脅迫してきたが、いまだに毒物が仕掛けられた結果は発生していない。

ただし、営業は停止しないまでも、ホテルの売上げは激減していた。客室は約五〇パーセント、宴会は六〇パーセント見込売上げを下まわった。チェーン店、傘下、関連企業も軒並みダウンしている。

例年ならば社員数とほぼ同数の臨時雇い《ヘルプ》を雇い入れる季節に、社員だけで賄い、しかも手余りを生じている。

社長から秘匿捜査を特命されたものの、さてどこから手をつけてよいかわからなかった。

警察はここ数年のホテル退職者を洗っているそうであるが、畑中にはそのような人海作戦は繰り広げられない。

「まず〝現場〟へ行ってみよう」

畑中はおもい立った。現場は捜査資料の宝庫であり、捜査網を広く打つ原点であるという話をなにかの本で読んだ記憶がある。

畑中のおもい立った現場とは、徳義が突き落とされた「穴」である。もちろんそこは警察の綿密な検査に晒《さら》され、見落とされた資料が残されている余地などあるまい。

だが警察とは別の視点で現場を見ることができる。どう別なのか行ってみなければわからないが、目が別であることは確かである。

目指す「穴」は東横線都立大学駅の近くであった。「呑川《のみかわ》」という小さな川に沿ってつくられた公園道路を世田谷区の方へ向かって進む。

道路には桜の並木が植えられて開花期の美事さがおもわれる。両側は静かな住宅街である。アパートや小住宅の間に、応接間を洋風にした和洋混合の「大正造り」の建物が散見して、この辺の土地柄の古さをおもわせる。古い家が取り壊されて新たなマンションが侵入して来るのを健《けな》げに立ちどまって防いでいるといった観の古格のある小住宅が生き残っている地域であった。

しばらく歩くと、右手にかなりのスペースの空地が見えた。有刺鉄線の垣はなく、雑草を踏みしだいて数台の車が無料駐車をしている。二人の若者がのんびりキャッチボールをしていた。

それを見送ってさらに進むと、「これより世田谷区」という標識があった。「穴」は目黒区内のはずである。

いつの間にか通り過ごしてしまったのかとおもい、来た道を戻ったが、穴のありそうな空地は見当たらない。

無料駐車場の所へ戻って来てそこでキャッチボールをしていた青年に、

「この辺にホテルの社長が突き落とされたという穴があったはずなのですが」

と問うと、

「ああ、それはここですよ。あなたも見物ですか」

キャッチボール青年は物好きなというような顔をした。

「穴がありませんね」

「あの後大勢の見物人が押しかけたので、地主が危険だと判断して埋め立てたのです。あの辺が穴のあった所です」

指さしたあたりの土質が新しかった。埋め立て後有刺鉄線も取りはらったのだろう。埋め立てられてしまったのでは、唯一の現場は失われた。

「そんなに見物人が押しかけたのですか」

畑中は失望に耐えて聞いた。

「来ましたよ。中には穴の底へ下りる人までいました。まったく凄い好奇心でしたよ。穴上りゲームをして賭ける人もいたな」

「何ですか、穴上りゲームって」

「穴へ故意に落ちて手足だけ使って這い上がるゲームです」

「それで上れた人がいましたか」

「私の知るかぎり一人もいなかったようです。でも簡単に上れるようであれば犯人がホテル社長の隠し場所に使わなかったでしょうがね」

結局、現場まで行ったが、無駄足に終った。

「素人探偵、立ち上がりの失敗か」

畑中は苦笑して駅への道を戻った。徒労の足は重い。夏の日射《ひざ》しが強く、汗に濡《ぬ》れた身体が消耗をうながす。社長からの特命であるが、とんでもないことを仰せつかったとおもった。

もともと余生の腰掛けのつもりで入ったホテルである。責任ある要職には就けないし、就く気もない。ほんの時間つぶしの軽い気持のアルバイトが、警察を向うにまわしての秘密探偵とは恐れ入った。

しかしいまさらおりるわけにはいかない。言わば乗りかかった舟なのである。

ようやく駅前へ来た。自動券売機の方へ歩みかけて視野の隅に涼しげな喫茶店が映った。急いで帰らなければならない用事のない身分なので一休みしていくことにした。

窓が船室のハッチを象《かたど》ったのも気に入った。店名は「海図《チャート》」とある。インテリアは船室を模していた。これこそまさに乗りかかった「舟」なのである。

冷たい飲物をオーダーしてほどよい冷房に身体を任せていると全身の汗が急速に退いていく。オーダーが届くまでの手持無沙汰を店内の観察で埋める。目的のない視線を店内に遊ばせているのもこよない休息である。

平日の昼間であるが、若者の姿が多い。多分学生であろう。旅行へでも出かけるのか、男女のグループが地図を広げながら楽しげに意見を交わしている。その隣りのテーブルではアベックがそれぞれ漫画を読み耽《ふけ》っている。

ありふれた都会の日常的風俗である。

若い男女は黙って別の本を読んでいるだけでも楽しいのであろう。畑中はそんな年齢が羨しかった。

店内をさ迷っていた畑中の視線が、ふと固定した。彼の目は壁にかけられた画《え》に釘《くぎ》づけになっていた。そこには十号程度の油絵がかかっている。渓谷の写生画で、瑞々《みずみず》しい緑の間を渓流が涼しげに流れている。崖の中腹に旅館のような建物が描かれている。

画の巧拙は畑中にはわからないが、彼にはそこに描かれた風景に記憶があった。谷を埋める緑、緑を分けて走り落ちる急流、崖の中腹に建つ建物、その布置と形が、いつどこで見たか咄嗟におもいだせないが、確かに過去自分が見た風景として記憶にファイルされているのである。

「お待たせいたしました」

ちょうどそのときウエイトレスがオーダーを運んで来た。

「ああきみ、あの壁の画だけどね、何の画、いやあれはどこの場所を描いた画か知っているかね」

畑中はウエイトレスに訊《き》いた。

「ああ、あの画ですか。あれはマスターが描いた画です。お客様によく訊かれるのですよ」

「マスターがね。それでどこの画なの」

「ちょうどマスターがいますから訊いてきます」

ウエイトレスはカウンターの中にいた口ひげを生やした五十前後の男に耳打ちした。

マスターはにこにこしながらやって来た。

「私の拙《つた》ない画がお目に留まって恐縮です。下手の横好きで趣味でやっているのですが、自分でも比較的よくできたとおもった作品をお店に掲げてお客様に道楽を押しつけております」

マスターは自分の画に関心をもってくれたのが嬉しいらしく聞いてもいないことを説明した。

「下手の横好きどころか大したものだとおもいます。実はこの画を描かれた場所ですが、行ったような記憶があるのです。これはどこで描かれたのですか」

「みな様この画を見て同じ場所に行きたくなるらしくてよく同じ質問をされます。これは二年前箱根奥湯本《おくゆもと》へ行った折に描いた作品です。これは紫翠楼《しすいろう》という旅館の庭から須《す》雲川《くもがわ》を見下した風景を写生したものです。気に入ったので額にして店に飾ったのです」

マスターは得意げに鼻翼を脹らました。畑中の記憶がよみがえった。この画は彼が妻と共に行った新婚旅行の地であった。それをおもいだせなかったのは、それだけ妻が心から遠のいた証拠であろう。

「同じ質問をする客がいるのですか」

「いらっしゃいます。みなさん同じようなことをお考えになられるようですね」

畑中ははっとした。この画が気になった理由がわかったのである。彼はホテルフェニックスに入社する前に妻を偲んで、画が描かれた場所を訪れている。そこで同じホテルの従業員であった花守理香の名前を見出《みいだ》した。理香はその後理由不明の自殺を遂げた。たしか理香の住所もこの近くであったはずである。つまり画の写生地は畑中に二重三重の関わりをもっていたのである。

理香がこの近くに住んでいたことと「穴」の所在地になんらかの関わりはないだろうか。

「お宅へ来るお客で花守理香という女性を知りませんか。この近所に住んでいるはずなんだが」

畑中は尋ねてみた。

「ああ、花守さんですね、よくいらしってくれましたよ。柿の木坂にお住まいとかで、時々寄ってくださいました。お気の毒なことをしましたね。花守さんをご存知でしたか」

マスターは懐しげな顔をした。

「花守さんはこの画についてなにか言いませんでしたか」

「ああそういえばお客さんと同じことを訊かれましたよ。美しい所なので、一度行ってみたいとおっしゃってました。それから間もなくでしたね、自殺をされたのは」

「そんな素振が見えませんでしたか」

「全然。朗らかな屈託のない方でした」

「花守さんはいつもお一人でお店に来ましたか、それともだれかと一緒でしたか」

畑中は少し身を乗り出した。

「たいていお一人でしたね、二度か三度男の人と来たことがあったな」

「どんな男でしたか、それはいつごろでしたか」

「よく憶えていないんです。若い人でした。二十二、三だったかなあ、亡くなる二ヵ月くらい前だったとおもいます」

「二人は親しげでしたか、つまり恋人同士のようでしたか」

「ちょうど店が忙しい時期でよく観察していなかったのです」

マスターの表情がなぜそんなことを訊くのかと言っている。

「ウエイトレスの人は憶えていないかなあ」

畑中はウエイトレスを横目で見た。

「あの子は入ったばかりです。古い子は辞めてしまいました」

マスターは面倒くさくなったようである。

「その人の行先はわかりませんか」

「みんなアルバイトですから訊いていません」

そこまで尋ねたところでどやどやと新しい客の一団が入って来た。マスターをこれ以上引きとめているわけにはいかなくなった。

3

畑中は思案を集めた。花守理香の住所が、「穴」の近くにあった事実は何を意味するのか。理香の自殺と「穴」すなわち、そこへ徳義が突き落とされたこととはなんらかの関連があるのではないのか。

理香の死の背後になにかが潜んでいるのではないのか。新聞は「自殺」とだけ報じていたがその理由はまだ不明である。理香と一緒に二、三度「海図《チャート》」へ来た男があるという。つまりその男にも「穴」の近くの土地鑑があったことになる。その男が理香の死因を知っているとすれば、死因に関連して徳義を穴へ突き落とし、ホテルに脅迫を加えたと考えられなくもない。理香の死因と一連の事件との間につながりがあれば、「理香の男」が犯人たり得る。

理香は「海図《チャート》」の常連であり、マスターの道楽の画を見る機会があった。画を見てその写生地へ行きたくなったのであろう。

無駄足ではなかった。現場へ来たおかげで「穴」と花守理香のつながりが浮かび上がりかけている。ともあれ、「穴」の近くに原因不明の自殺を遂げたホテル従業員が住んでいた事実は、決して見過ごしにはできない。

まだ警察はこの〝符合〟に気づいていない模様である。やはり「別の視点」の効果はあったのである。

畑中はホテルの人事課に電話をかけて花守理香の生前の住所を聞き出した。すでにマスコミに公表された住所であったが、こんな関わりをもってくるとは予測しなかったので、メモしていなかったのである。

彼女の住所は「海図《チャート》」から歩いて数分の柿の木坂であった。帰途立ち寄ってみるとそれは高級住宅街の中の小ぎれいなレンタルマンションである。彼女が住んでいた部屋には別の人間が入っていた。隣人たちになにを聞いても要領を得ず、大家は川崎市の方に住んでいて家賃の集金に月一回来るだけという。おそらく大家に聞いてもなにもわからないだろう。

大都会で生命を絶った一人の女性の生活史は大海の泡沫のように消失してなんの痕跡も留めていない。

畑中は、彼女の身辺にいたにちがいない男の消息を知りたかった。だが捜査権のない彼にはこれ以上踏み入ることはできない。

「穴」の所在地と理香の住所の符合を知っただけでも多としなければならなかった。

ホテルへ帰って来た畑中は徳義に面会を求めた。待ちかねていたような徳義は、

「なにかわかったようだね」

敏感に畑中の表情を読んだ。

「これがはたして関連があるかどうかわかりませんが」

畑中は前置きして、発見した符合について話した。

「たまたま近かったということではないのかな」

だが徳義の反応は意外に冷淡である。

「そうかもしれません。しかし、無視できない一致だとはお考えになりませんか」

「東横線沿線に住んでいる社員は多いよ」

「自殺をした社員は一人しかおりません」

「それできみは何を言いたいのかね」

「花守理香の自殺の理由を知りたいのです。彼女の死にはなにか隠れた理由があるのではありませんか。それがこの度の一連の事件につながっているのではありませんか」

「そんなことはない。彼女はノイローゼによる単純な自殺だ。複雑な理由などない」

「どうして社長はご存知なのですか」

「……それは人事課長からそのような報告を受けている」

「おかしいですね」

「何が?」

「社長はホテルの社敵とも言うべき犯人を捕えるために私に内密の捜査をお命じになったのでしょう」

「その通りだよ」

「それなら私が咥《くわ》えてきた獲物を一応吟味すべきではありませんか。それを独断で偶然の一致だと強弁しておられます。花守理香の死因を探られてはなにかまずい事情でもあるのですか」

「まずい事情などなにもないよ。とにかく花守の自殺には隠れた理由などない。若い女がよくかかる鬱病だよ」

「社長がそのようにおっしゃるのであればそれで結構です。ただし私はこの仕事からおろさせていただきます」

「おりるというのかね」

「はい。せっかく別の視点でなにかを見つけ出してもそれがお気に入らないようではこれ以上調査しても意味がございません」

「残念だが、止むを得ないようだな」

徳義も引き留めなかった。

これで花守理香の死が単なる自殺でなかったことは確認できたようなものである。彼女の死因にはホテルにとって都合の悪い事情が隠されている。だから徳義はこれ以上詮索されることを嫌ったのである。いったいその事情とは何か。好奇心が騒いだが、もはや畑中に関係ないことであった。彼はおりたのだ。

人騒がせなとおもった。突っつかれてまずい秘密をかかえているのであれば、初めから特命調査などを命じなければよいのである。

畑中がこの符合に気がつくとおもわなかったのか。いやそんなはずはない。理香の住所はマスコミに報道されているのだ。畑中のように一々「穴」にまで行く必要はないのである。視点が定まっていればすぐに気づく符合である。

徳義も理香と事件を結びつけて考えていなかったのである。畑中に言われて気がついたのだ。それまで理香の死を切り離していた。切り離した死因にホテルにとって明らかにされたくないものがある。それが畑中によって「穴」と誘拐脅迫事件に結びつけられたので狼狽《ろうばい》したのである。

いったい理香の死因に何があるのか。もう少し若ければ手弁当でも調査をつづけたかもしれない。だが畑中にはもうそれだけの情熱も関心も残っていなかった。命令とあれば従うが、手弁当で継続するだけの熱意はない。

彼はこの一件からおりただけではなく人生本番のレースからおりていた。いまは余生の腰掛けにすぎない。腰掛けでそのような情熱を燃焼させるのは危険なのである。

犯された偶然《ミス》

1

だが意外な展開が彼を一件からおろさせなかった。数日後マスコミ各社に二通目の脅迫状が送られてきた。その文面は次の通りである。

——我々の通告を無視してホテルフェニックスは営業を停止していない。単なる脅しとナメているのだろう。重ねて警告を発する。この通告が発表された日の翌日よりホテルフェニックスの全営業領域における営業を全面停止せよ。従わぬときは、同ホテルの飲食物または製品または飲料水に毒物を混入し、あるいは館内のどこかに毒煙発生装置を仕掛けることを予告する——

この脅迫状が発表されると、ホテルフェニックスはパニック状態に陥った。前回の脅迫より、「飲料水」と「毒煙」が増えている。飲料水タンクや空気調整《エアコン》の風道《ダクト》にでも毒物や毒煙装置を仕掛けられたら逃れようがない。食物や水は摂取しなければよいが空気は吸わないというわけにはいかない。

これが息も絶えだえに営業をつづけていたホテルにとって致命打《フェイタル・ブロー》となった。わずかに残っていた客は争って逃げ出し、生き残っていた予約はキャンセルされた。

従業員すら口実を構えて欠勤するようになった。これは図らずも営業縮小に伴って従業員の一部を自宅待機させざるを得ない破目に追い込まれたホテルの苦しい立場と利害が一致するという皮肉な結果になった。

ホテルは緊急幹部会を招集した。

「ホテルはいまや事実上営業停止状態にある。だが、長期滞在客や事務所あるいは航空会社用の一括定期使用室《ブロックユース》は生きている。予約もまだ多少生きている。ホテルの営業の全面停止などできる相談ではない。ここで犯人にどう対処すべきか諸君の意見を聞きたい」

徳義が言った。

「全面停止などあり得ません。捨てる神あれば拾う神ありで、苦況に陥った当ホテルに同情が集まり、わざわざ当ホテルを利用しに来るお客もわずかながら増えております。これらのお客のためにも断じて犯人の不当な要求に屈服してはならない」

勇助が昂然《こうぜん》と言った。

「しかしただ強がっているだけではどうにもならない。たとえ脅しだとしても、安全とプライバシーを売物にしているホテルにおいては、お客に生命の危険の不安をあたえるだけで致命的なのだ」

　智和が勇助をたしなめるように言った。もちろん館内のパトロールを強化し、飲食物の管理には万全の注意をはらうなどの打てるかぎりの手は打ってある。だがどんな安全策を講じても客の不安は救えなかった。そしてその不安を救えぬかぎりどのような手を打っても客にとっては無意味なのである。

「強がりとは何ですか、あなたになにかよいアイデアでもあるというなら聞きたいものですな」

「それをみなで考え出すために集まっているのではないか」

　二人がいがみ合いかけたのを徳義が抑えた。

「これは単なる脅かしです。犯人は我々ができないことを承知で脅しをかけているのです」

　北裏正通が口を開いた。

「そうです。それがまさに犯人の狙いなのです。彼らはただ脅迫状を発送するだけでよい。それだけでマスコミが大々的に取り上げてくれて我がホテルに致命的な打撃を加えられるのです。実際に毒物を投じたりする必要はまったくないのです。実に奸智《かんち》に長《た》けた犯人と言うべきです」

「するとマスコミが脅しと知って取り上げなくなったときが恐いな」

古沢禎一がわけ知り顔に言った。

「なぜですか」

矢切靖之が一座の質問を代表すると、古沢が蔑んだような口調で、

「そんなことがわからないのかね。マスコミが取り上げなくなったとき、犯人は脅しではないという実演《デモンストレーション》をしなければならなくなる。だからマスコミが派手に扱ってくれている間は少なくとも安全というわけです」

言葉の後半は一座の者全員に向けて言った。

「調理場、貯水タンク、空調機のある中央機械室等には関係者以外はたとえホテルの社員でも近づけません。したがってこれらの場所に毒物や毒煙装置を仕掛けることはできません。しかし宴会場、食堂《ダイニング》、各種レストラン、あるいはロビーなどの共用《パブリック》スペースに客を装って入って来るのを防ぐことはできません。やはり最も危険なのはパーティ会場の飲食物だとおもいます」

保安部長が古沢の言葉を承《う》けた形になった。第一の脅迫状が送られて来て以来、各種食堂、レストランにおいては共用のシュガーポットや調味料の使用を止めている。

「それで犯人にどう対応すべきかな。このまま脅迫状を無視するか。あるいは要求を聞き入れるか。それとも別の対応策があるか」

おおかたの意見が出揃ったところで徳義が訊いた。

「犯人の要求は絶対に入れられません」

「ではどうすればよいかね」

重苦しい沈黙が落ちた。だれも姿なき犯人に対して打つべき手をもたなかった。

「社長のお考えをお聞かせください」

智和が言った。万策尽きて社長の決定に委ねるというような口調である。

「それでは私の考えを述べよう」

徳義が列席者の顔を見回した。一座の視線を集めたところで、

「犯人の意図がまったく不明なので我々としても適切な対策を立てられない。そこでだ、こちらから犯人に呼びかけてみたらどうだろう」

「犯人に呼びかける？」

一座に騒めきが起きた。

「そうだ。社告として新聞広告を出す。会社としては社会的責任からも営業停止は不可能である。いったい何が狙いなのか、なぜ我がホテルに対してかような脅迫を加えるのか、その意図が聞きたいと訴えかけるのだ」

再び沈黙が落ちた。いずれも判断がつきかねているのである。

「犯人に迎合するようでいい気分ではありませんが、それ以外に方法がないようです

ね」

最も好戦的な勇助が言ったので、一座が同調した。この呼びかけに対して犯人が答えてくれれば先方の意図がわかるかもしれない。金品を狙っているのであれば、取引の余地が生ずる。

「それでは早速文案をつくってもらいたい」

社長室長に命じた言葉が会議の結論となった。

2

——ホテルフェニックス脅迫犯人に問う。

あなたは二度にわたる脅迫状によって当社の営業を脅迫状発表の日の翌日より全面停止せよと要求しましたが、ホテルの社会的責任、道義的責任において、また技術的実務的にもそれは不可能を強いるものです。いまやホテル業は一民間企業であるに留まらず広く社会に関わりをもつ公共的性格が強くなっております。

そこで我が社はあなたにお尋ねしたい。あなたは何故《なぜ》このようなことをするのですか。あなたのおかげで我が社の社員および家族、さらには関連企業、事業所の社員および家族一万三千人が生命と生活の脅威をうけております。また、当ホテルをご利用される無数のお客様が生命の不安と多大なご迷惑を蒙《こうむ》っておられます。

あなたになにか個人的な理由があるとしても、どうか無関係な人に迷惑を及ぼさないよう心からお願いします。あなたの意図を率直にお聞かせください。もし歩み寄れることであれば我々もできるだけあなたの意図に添うよう努力します――

以上の文面の社告が翌朝のマスコミ各紙に掲載された。これをみて激怒したのは捜査本部である。捜査本部は迂闊《うかつ》にもホテル側が犯人に直接呼びかけようとは予想もしていなかった。

「いったいこれは何だ。ホテルフェニックスは警察を飛び越えて犯人と直接取引しようとしておる。警察の面目まるつぶれではないか」

本部長は新聞を叩《たた》いてどなった。だがすでに掲載されてしまったものはどうにもならない。警察としても手を束《つか》ねていたわけではない。捜査の焦点をここ数年のホテル退職者に絞って一人一人洗っていたのである。その結果、十六名の退職者を捜査線上にとらえていた。その中でも最も容疑濃厚な四名を重点的に追跡しているところである。

その矢先にホテルから犯人に対する〝取引申込み〟をされた。これは警察の無能広告と同じである。本部長が怒るのも無理はなかった。

同じころ畑中は再び社長室へ呼ばれていた。秘書も遠ざけた後、徳義は、

「今朝の社告を読んだかね」

「拝見しました」

「どうおもったかね」

「我が社は大変追いつめられているとおもいました」

「その通りだ。もはや水際に追いつめられて退くべき一寸の土地もない。あれはなり振り構わず犯人に呼びかけたのだ」

「犯人に足元を見られますね」

「止むを得ない。それにもう十分見られているからね。とにかく相手は絶対的優位に立っているんだ」

「お気の毒です」

「そんな他人事《ひとごと》みたいに言わんでくれ。きみも社員なんだぞ」

「ですからできるだけお役に立ちたいとおもっております」

「それできみに来てもらったのだ。きみにすべてを打ち明ける。引きつづいて調査に携わってもらいたい」

「花守理香の死因になにか潜んでいるのですね」

「そうだ。無関係とおもっていたが、たしかにきみの言う通り見過ごせない符合だ。ただし絶対他言無用だよ」

「ご信用いただけないのであれば、お聞きいたしません」

「わかった。そのように拗《す》ねた言い方をしないでくれ。実は花守理香の自殺の理由にはあるＶＩＰが関係しておるのだ」

　多分そんなことであろうとはおもっていた。畑中は黙したまま話の先をうながした。

「ＶＩＰが当ホテルに宿泊した際、側近がコールガールを呼んでおいた。めったな女は呼べないので側近が安全な女を手配しておいたのだ。ＶＩＰは時々うちのホテルで側近が手配しておいた女と寛《くつろ》ぐのが習いになっていた。それが彼の唯一の遊びであり、密かな休息でもあった。ところが当夜不幸な偶然《ミス》が重なって花守理香がＶＩＰの部屋へ行ってしまった。ルームメードの彼女が客に呼ばれた部屋をまちがえたのだ。

　ＶＩＰは彼女をコールガールとおもい込み彼女を犯してしまったというわけだ」

「花守理香は抵抗をしなかったのですか」

「もちろんした。だがＶＩＰはそれもコールガールのテクニックの一つだとおもったそうだ。すべてが終った後にまちがいだということがわかった。ＶＩＰは仰天した。敵の多い人だけに誤ってホテルのメードを強姦した事実が表沙汰にされれば社会的に葬り去られてしまう。

　事件は側近とホテルのかぎられた幹部の間だけで極秘裡《ごくひり》に処理された。花守理香には十分補償をして彼女も納得したはずだった。ところがそれから二日後の夜、ホテルの屋上から飛び下り自殺を遂げたのだ」

「ＶＩＰに強姦されたのが理由なのですか」

「とりあえずそれ以外に考えられない。だが彼女の周辺を調べたが、恋人や特に親しくしていた男は見当たらなかった。両親やきょうだいは郷里の仙台に健在だが、彼女の自殺に不審をもたず、怨みを含んだとは考えられない。ＶＩＰもことのほか心配してホテルを経由して十分な弔慰金を送ってきた。ホテルとしても破格の見舞いを出した。だからこの件は、一連の脅迫とは別と考えておったのだ」

だが花守理香の身辺には男の影が見えるのである。ホテル側の調査が不十分であったためにそれが見えなかっただけであろう。理香に隠れたる恋人がいて、彼女の自殺の原因をつくったホテルに対して復讐《ふくしゅう》を加えるということは十分に考えられる。復讐とすれば一切金品を要求してこない事実もうなずける。

「ＶＩＰはこの度の一連の脅迫をどのように見ていますか」

「もちろん無関係という立場を取っておるよ。ホテルフェニックスが現在陥っている苦況の原因を自分がつくったとあってはややこしいことになるからね」

「ＶＩＰの名前をお聞かせいただけませんか」

「言わなければならんか」

「資料はすべてあたえられなければ十分な調査はできません」

「わかった。ＶＩＰは大野風堂《おおのふうどう》だ」

「大野風堂、あの民友党の幹事長の」

「そうだ」

「そうでしたか」

畑中はうなずいた。徳義が理香の死因を明らかにしたがらなかったわけが初めて納得できた。大野は与党民友党の〝軍師〟として党内調整力や派閥の駆引きの巧みさにおいて策士揃いの民友党内でも群を抜いている。

閣僚経験も二回あり、常に「主流協力」の姿勢を取り、本流をうまく泳いで力を着実に伸ばしてきた。

現我曽我部《かそかべ》首相の下、その跡目相続を狙って体制を着々と固めている。策士の割に小心で政敵につけ込まれないよう身辺の防備にことのほか神経質だという話を消息通から聞いたことがある。

大野風堂ならばさもありなんとおもった。政治家にとって女性とのスキャンダルは、女性票に覿面《てきめん》に響く。庶民のように特殊浴場へ行って簡単に処理できない彼らにとって下半身の欲望は常に切実な問題である。政治家の女性関係は安全が第一義である。

したがって女性秘書を手っ取り早く愛人にしてしまうケースが多いが、これは秘書を〝淀君《よどぎみ》〟に増長させて家庭争議の素地となりやすい。そこで後腐れのない高級コールガールと密かに遊んでいたのであろうが、ホテルのメードをコールガールとまちがえて強姦してしまったというのでは救いがない。

大野風堂の狼狽ぶりが目に浮かぶようである。

「もしこの不祥事がマスコミ関係に漏れるようなことがあれば、大野風堂の命取りになる。そこで側近とホテルの幹部が協議して秘匿したのだよ。この辺の事情をよく含んでおいてくれたまえ」

徳義はこの期に及んでも不安でならないようである。

「ご心配なく。私には関係ないことですから」

「いくらか参考になったかな」

「犯人は、少なくとも大野風堂が花守理香の自殺に関与していることを知りませんね」

「というと?」

「犯人が知っていて復讐を加えているとすれば大野の方にその矛先が向けられるはずです」

「無関係だからではないのか」

「わかりません。無関係かどうか一発で見極められる手がありますよ」

「どんな手かね」

「花守理香の自殺の原因を表沙汰にするのです。犯人が彼女の復讐を意図しているのであれば、大野風堂に対して必ずなにかの行動を起こすでしょう」

「とんでもない。そんなことをすれば大野風堂は失脚する。現政権に対しても影響するだろう」

　徳義は青くなった。

「あくまでも一つの案です。犯人の意図を突き止めるためには、社告を出すより効果あるとおもいますがね」

「いかん、それは絶対にいかん。ホテルは客の利益と名誉を守る義務があるのだ」

「そのために危急存亡の瀬戸際に追いつめられていてもですか」

「花守理香の自殺と誘拐脅迫事件がつながっているかもしれないというのは、まだ推測の域を出ていない。推測で日本の政治に重大な影響をもたらす恐れのある賭けはできないのだ」

「社長がそのようにおっしゃるのであれば仰せに従います」

「きみ頼むよ。そんな乱暴なことは夢にも考えないでくれたまえ」

　徳義は畑中の提言に、理香の自殺の背景を話したことを後悔している様子であった。

曲がり銃のレコードホルダー

1

花守理香の生家は仙台市台原《だいのはら》四―十×、父親は塩釜《しおがま》の水産会社に勤めている。三人兄妹の末っ子で二人の兄はそれぞれ独立している。地元の高校を卒業後、東京の洋裁学院に入学、一年後にホテルフェニックスに入社――以上が人事課で入手した理香の略歴である。

彼女の死に関わるような人間関係ができたのは上京後、特にホテル入社後であろう。生家へ行っても彼女の東京での生活ぶりはなにもわからないだろう。まず東京での彼女の生活史を洗わなければならない。

畑中は一つだけかすかな糸口をもっていた。花守理香の身辺には男の影が落ちている。彼女の元住居や、喫茶店「海図《チャート》」からその身許を突き止めることはできなかった。

畑中が花守理香の名前を初めて見つけたのは箱根の紫翠楼である。そこのゲームコーナーの最高得点者として彼女の名は顕彰されていた。

あのときは彼女が自分にこのような関わりをもってこようとは予測もしていなかったので、女性としては凄い記録だという単純な驚きの印象しかなかった。

その際、女性が単独で温泉へ来るのはまず稀有で彼女の連れをあれこれ臆測したが、深く詮索することはなかった。

その後ホテルに就職してから彼女が箱根へ行った時期、社員旅行を催していないことも確かめた。同行すべき家族もいない。すると彼女はどんな機会があって紫翠楼へ泊まったのか。

畑中がかつて新婚旅行を偲んで同館へ独りで行ったときは仲睦《なかむつ》まじげな二人連れが多く目についた。一人旅の身に余計羨しく印象されたのであろうが、花守理香にも同様の同行者がいたかもしれない。いや必ずいたにちがいない。

もしかするとゲームマシンの最高記録は彼女の同行者が達成して、彼女の名前を借りたのかもしれない。

箱根の宿に理香の同行者として男の足跡が残っている可能性がある。それが畑中が保有しているわずかな手がかりであった。

翌日畑中は箱根へ赴いた。前回来たときは春色酣《たけなわ》であったが、いまは盛夏の艶々《つやつや》した緑の中に包み込まれている。

紫翠楼は湯本の駅からタクシーでワンメーターの須雲川に面した山気深い位置を占めている。幸いなことに前回訪れたときの仲居がいて彼を憶えていてくれた。一人で来る者は珍しいので記憶に残っていたのであろう。調査がすめば泊まる必要もないのだが、急いで帰る必要もない。役得で泊まることにした。

「お気に入られて何度もいらして下さる方は多うございますが、お一人で二度もお運びいただいた方は私が知っているかぎり、お客様が初めてですわ」

と仲居が世辞を言った。

「作家なんか一人で来るんじゃないのかい」

「ご到着はお一人でもたいてい後から女の方がいらっしゃいます」

「私にもそんな粋な後から来る人がいるといいんだがな」

「いつももてすぎて、たまにはお一人になりたいのではございません？」

「もう年だからね、もてたところでどうにもならない」

「とんでもない。お客様などはまだまだこれからですわ」

「嬉しいことを言ってくれるね。ところでゲームコーナーはまだあるかな」

「ああそう言えばこの間お越しのときもゲームコーナーへ行かれましたね」

「きみに勧められてね。まだ同じ機械がおいてあるだろうか」

「旅館は怠慢でしてね、古い機械をいつまでも使っています。初期のインベーダーゲームや全手動のパチンコがまだあります。尤《もっと》もそれを喜ぶお客様もけっこういらっしゃるのです」

「ぼくなんかも古い機械のほうがいい。新しいのにはついていけないよ。あの中に水中銃ゲームがあって花守理香という人が最高得点を出していたけど、まだあの記録は破られていないかな」

「さあどうでしょうか」

「実はその人はぼくの知っている人なんだが、ちょっと訊きたいことがあってね、どこに問い合わせればわかるかな」

「ゲームコーナーは、フロントが管轄していますからそちらにお尋ねになればわかるとおもいます」

まずゲームコーナーへ行ってみた。水中銃は健在であり、「二万三千六百点、三月十五日御宿泊花守理香様」の記録は破られていなかった。

畑中はまずはホッとした。彼女の記録が生きていたほうが調査しやすい。彼はその足でフロントへ行った。

「三月十五日お宅に宿泊した花守理香の親戚の者ですが、実は彼女が自殺をしましてね、その理由がわからず両親から頼まれて調べているのです。それについて彼女には同行者がいたはずなのですが、お調べいただけませんか」

畑中はホテルフェニックス・ソーシャルマネジャー（H・Dの館内名称）の名刺と理香の自殺を報じた新聞の切抜きを差し出した。

フロント係は表情を改めて、早速古い帳簿を調べた。ホテルフェニックスのマネジャーの肩書が効いた様子である。

「三月十五日花守理香様、たしかにお泊まりいただいております」

フロント係は目指す記録を見つけ出した。

「それで同行者はおりますか」

「いらっしゃいます」

「名前はわかりますか」

畑中は心の中に盛り上がってくるものを抑えて訊いた。

「それが他一名様となっております」

「他一名！」

はち切れそうに脹らんだ期待が急に萎えた。

「多分男の方だとおもいますが」

「担当した仲居さんはいらっしゃいませんか」

「それがパートを使っていたので、いまはもういません」

「予約はどのような筋から入っているのですか」

「花守さんご自身からいただいております」

「到着したときにフロントの方がどなたか見ていないでしょうか」

「見ているかもしれませんがだいぶ日数も経過しておりますし、毎日たくさんのお客様がいらっしゃいますので憶えておりませんねえ」

その辺の事情は畑中もホテルに勤めているのでよくわかる。期待が大きかっただけに、失望も深い。

「こちらのお連れ様が自殺に関係があるのでございますか」

畑中の失望の様にフロント係は同情した模様である。

「遺族はそのように考えております。しかし男は自殺の後隠れて出て来ないのです」

「卑怯《ひきょう》な男ですね」

フロント係は義憤を感じたらしい。

「そうだ。彼女はゲームコーナーで最高得点を出して貼紙をされているのです。そのことで印象は残っていないでしょうか」

「えっあの〝曲がり銃〟のレコードホルダーですか」

フロント係が反応した。

「曲がり銃というのですか」

「少し照準が狂っておりましてね、お客様からよく苦情を寄せられますので、何度かなおしたのですが、すぐに狂ってしまうのです。ですから私共は曲がり銃と呼んでおります。その曲がり銃で二万点以上出したので私共もびっくりしました。あのお客様なら憶えております」

「連れの男も憶えていますか」

「実はあの記録を出されたのは、お連れ様の方なのです。恥ずかしいからとおっしゃって女性のお名前を代りに貼り出したのです」

「やっぱり」

畑中の臆測が的中した。

「それでどんな男か憶えていますか」

「若い人でした。二十代半ばかなあ。べつに特徴のない人で、細身のサラリーマンタイプの方でした」

細身のサラリーマンタイプではどうにもならない。

「眼鏡《めがね》は」

「かけていませんでした」

「言葉に訛《なま》りか特徴はありませんでしたか」

「特に気がつきませんでした」

ここで追跡の糸は断ち切れたかにみえた。

「そうだ」

そのときフロントクラークが弾んだ声を出した。

「なにかおもい出されましたか」

畑中はすがりつくように見た。

「そのお連れ様はそこの公衆電話からどこかへ電話をかけておられましたよ」

「どこへ電話をかけたかわかりませんか」

それがわからなければせっかくおもいだしてくれてもなんにもならない。

「しばらくそこの備え付けの電話帳で番号を調べられた後、フロントでペンを借りて番号をメモしておられました。電話帳にも印をつけておられたようです」

「電話帳に印を？」

「横目で見ていたので確かなことはわかりませんが、まず目当ての番号に印をつけた後、メモされたようでした」

「この電話帳ですか」

畑中は電話台備え付けの「神奈川県西部版」というかなり分厚い電話帳を指さした。

「そうです」

目次を開いてみると、神奈川県西部の五市十町の五十音別電話帳である。この中の膨大な名前の集積の中からただ一個の名前を探す作業をおもって畑中はうんざりした。

「この電話帳にまちがいありませんか、職業別ではありませんか」

「職業別はあまり使用されないのでフロントの方においてあります。職業別のナンバーはお客様のリクエストの都度、フロントで代って調べて差し上げております」

「この電話帳ちょっとお借りできませんか」

「これを全部お調べになるおつもりですか」

フロント係は呆《あき》れた顔をした。

「印のついている番号を探すだけですから大して手間はかからないとおもいます」

役得の宿泊が電話番号調べになった。幸いに目ざす番号は電話帳の初めの方の小田原《おだわら》市にあった。小田原市城山《しろやま》二―十×露木幸治《つゆきこうじ》という人物にボールペンでアンダーラインが引かれてあった。

不特定多数の人間が利用する旅館の電話帳である。他の客がつけたものかもしれない。だが畑中は近道をするために最短距離を行くことにした。

彼は露木幸治の番号をダイヤルした。数回目のコールベルの後、年輩らしい男の声が応答した。一呼吸してから畑中は、

「ホテルフェニックスに勤めていた花守理香の家族の者ですが」と言った。だがその後がつづかない。

「それはなんのことかね」

「花守理香という名前にお心当たりはございませんか」

「あなもり？」

「花守です。女性です」

「それならひろしのことじゃないかな」

「ひろしさんとおっしゃいますと」

「うちの息子だがね」

ようやく噛み合ってきた感じである。

「ひろしさんはいらっしゃいますか」

「ここにはいないよ」

「どちらにいらっしゃいますか」

「東京の勤め先だよ」

「その勤め先を教えていただけませんか」

「あんた何て言ったっけね」

「花守理香の家族の者です。理香はお宅のひろしさんとお友達だったようです」

「また女のことかね、こっちへ尻をもってきたって知らないからね」

「決してそんなつもりはありません。ただひろしさんにお会いしたい用件があるのです」

「銀座六丁目の『アマポーラ』というバーにいるよ。もっともまだやめていなければの話だが」

「アマポーラですね」

確かめたとき、相手は一方的に電話を切っていた。はたしてアマポーラに理香がつながりをもっているかどうかわからないが、調べるべき対象が一つ生じたことは確かである。

さらに電話帳の残った部分を探したが、印のついた番号は発見されなかった。

2

紫翠楼に一泊して翌朝帰京して来た畑中は、ホテルに出勤して夕刻、アマポーラへ出かけて行った。社長命で遊軍シフトに入れられたので自由に動ける。

アマポーラは銀座六丁目の細長いバービルにあった。ちょうどホステスたちが出勤して来る時間帯である。美々しく着飾った彼女たちは鎧《よろい》に身を固めた夜の戦士といった、昼の仕事の者にはない独特の緊張感がある。

まだお客がお出ましになる時間には少し早い。顔なじみが路上で顔を合わせて〝朝〟の挨拶を交わしているのも、この街特有の雰囲気である。

アマポーラのドアを押すと、ホステスやボーイが一斉に視線を集めた。指名制のかなり高級な店らしいことはわかった。開店前のミーティングをやっていたらしい。商社マン時代はバイヤーを連れてよくハシゴをしたものだが、この店には来たことがなかった。同じ銀座でありながら、店の方角がちがうとまったく別の宇宙になってしまうのも銀座の特徴である。そこでは言葉すら通じなくなってしまう。

いらっしゃいという掛け声がかからなかったのは一目で客ではないと見抜いたからであろうか。

「あのう、露木ひろしさんはいらっしゃいますか」

おずおずと問いかけたのへ、店長《マスター》らしいのが、

「お宅様はどなたですか」

と反問した。

「これは失礼いたしました。私はこういう者ですが、ちょっと露木さんにお会いしたい用事がございまして」

店長は畑中が差し出した名刺に目を落として、

「露木は辞めましたけど」

「えっ辞めた！　いつですか」

「もう半月くらい前になりますかね、勤務がでたらめなのでこちらから辞めてもらったのです」

「それでいまどちらにおられるかご存知でしょうか」

「さあ、辞めさせた人間の行先までは知りませんね」

いかにも銀座の夜を生きぬいて来たらしい店長は慇懃《いんぎん》無礼《ぶれい》に答えた。金にならぬと判断した人間に対する人間関係の節約が感じられるのである。せっかくここまで手繰ってきた糸がプツリと切れた。

「ひょっとして花守理香という女性の名前にお心当たりはございませんか」

店長だけでなく、居合わせた者全員に聞こえるように訊いた。

「知りませんね」

店長の答えはニべもなかった。他の者にもまったく反応が現われない。

「それではみなさん今夜も張切っていきましょう」

店長が畑中に背を向けてホステスたちに言った。それが出て行けという合図である。

畑中がすごすご引き返しかけると、店長の背中越しに畑中の名刺を覗いたボーイの一人が、

「ホテルフェニックスか、そういえば露木のやつホテルフェニックスに高校の同窓生がいると言ってたことがあったな」と独り言のように呟《つぶや》いた。

「高校の同窓、本当ですか」

畑中はその呟きに飛びついた。

「たしかそんなことを言ってましたよ」

「どこの高校かご存知ですか」

「そんなに深くつき合っていたわけじゃないからね。あいつ少しやくざっぽいところがあったから」

店長が余計なことを言うなとにらんだ様子である。だがそれだけ聞けば十分であった。アマポーラから出ると、直ちに露木の小田原の生家に電話をかけて彼の母校を聞きだした。

すでに人事課は終っていたので翌朝一番に人事課に赴いて露木と同じ高校出身の社員を調べてもらった。その結果、遂《つい》に一人の人物を得たのである。警察はまだ彼に気づいた様子はない。


ほぼ同じ頃、マスコミ各社に犯人から次の手紙が送られてきた。それはホテルの呼びかけに対する犯人の回答である。

――我々には一切の妥協はない。営業の全面停止以外に計画の中止はあり得ない。無関係の人々の生命を危うくしたくなければ直ちに営業停止せよ。歩み寄りの余地はまったくない。ホテルフェニックスの質問に答えることはできない――

という木で鼻をくくったようなものであった。ホテル側の申し出は一蹴されたのである。

ほぼ時を同じくして捜査本部は捜査網にとらえた四名の退職者を一人一人調べていた。

まず元客室課のボーイ竹居繁《たけいしげる》がマークされた。竹居は昨年八月宿泊客桜田百代《さくらだももよ》ＯＬ（二二）に呼ばれて客室へ赴いたところ、桜田が裸身にバスタオルを巻いただけの姿で応対したものだからついむらむらとして抱きついてしまったということである。

幸いそれだけですんだが、桜田の訴えにより、ホテルは気の毒だとおもったが、竹居を懲戒免職にした。竹居は現在都内の外食チェーン「ボングー」の新宿店でウエイターをやっていた。

竹居から事情を聴くと、

「あのとき、女にだって絶対その気があったんです。でもぼくが抱きついてからはっと我に返って止めちゃったので怒ったのです。でもホテルで客と従業員がトラブルを起すといつも従業員が悪者にされちゃうんです。それは仕方がないとおもっていますよ。それで給料もらってるんだから。そりゃあホテルフェニックスにいい感じはもっていません。でも復讐なんて冗談じゃありません。そんなこと一々根にもっていたんじゃ、客商売なんてやっちゃあいられませんよ」

憤然と答えた。また犬飼徳義が誘拐された朝は、夜勤で勤め先にいて、アリバイが成立した。

次の退職者は、元調理部のコック見習い釘沢重一《くぎさわじゆういち》である。彼は退社時にステーキ用肉を身体に巻きつけて社外に持ち出そうとして発見され馘首《かくしゆ》された。彼は現在埼玉県大宮市《おおみや》（現・さいたま市）でパチンコ店の店員をしていた。

「それは悪いことをしたとおもってますよ。でもね、ホテルは初めからおれたちを泥棒と疑っているんです。その前日、無断で従業員のロッカー検査をしたんですよ。たとえ社員のロッカーでも捜査令状もなしに検査できないはずでしょう。べつに疚《やま》しい物はなにも入れていないけれど私物を見られるなんていやですよ。ぼくが憲法の基本的人権の蹂躙《じゆうりん》だと抗議すると、見習いのくせに生意気言うなとせせら笑われたんです。だいたいホテルの従業員だったら協力するのはあたりまえだと言ってどんどんロッカーを開けていきました。そしてロッカーの中から夥しい食器や食料品や社物が出てくると、勝ち誇って、見ろホテルの従業員なんて泥棒飼ってるようなものなんだ、おまえは今日は盗まなくて運がよかったなと言うのです。そこまで疑うなら本当に盗んでやれと持ち出したところを捕まったのです。ぼくがロッカー検査に反対したのでマークしていたらしいのです。汚いやり方ですよ。おもいだすのもむなくそ悪いですね」

釘沢は話しながら唾を吐いた。彼にも誘拐当日九州へ旅行していたという動かし難いアリバイがあった。

元客室係成木外四《なりきがいし》と東条弓子《とうじようゆみこ》は勤務時間に整備（掃除）中の客室に潜り込んでデー

トをしている最中を発見されて昨年十二月解雇された。成木は現在失職中である。

「みなやってることなんです。ぼくらは運が悪かったんですよ。弓子が大きな声を出すものだから。たいてい説諭されるだけで大目に見られるんですが、たまたま見つけたのがババアのキャプテンだったものだから表沙汰になってしまったんです。あのババアめ、すぐに来ないで隣りの部屋から壁に耳をつけてさんざん聞いてやがったんですよ。いやらしくて卑怯です。ホテルなんか怨んでません。悪いのはこちらなんですからね。ただあのババアに出遭ったらただじゃおかねえ」

成木は捜査員の事情聴取に答えた。ホテル社長が誘拐された当日は家にいたという家族の証言があった。家族の言葉であったが、信じてよさそうであった。その他十二名の退職者を洗ったがすべてシロとなった。

ホテルの従業員は回転が速い。ホテルフェニックスの場合一年間に約八分の一から十分の一の従業員が退職している。新たなホテルが建設されるとごっそり移動する。いったん辞めてからまた帰って来る〝出戻り〟も少なくない。

これらの退職者の中から過去数年にわたってなんらかのトラブルがあって辞めた者を追ったのであるが、すべてが漂白されてしまった。

含まれた死

1

畑中が人事課から得た名前は高見勝史《たかみかつし》（二二）第一営業部フロントオフィス課所属である。高見は神奈川県湯河原町《ゆがわらまち》出身、私立小田原向陽《こうよう》高校卒業である。高校卒業後直ちに入社、現在ヘッドボーイ、ボーイの中では最も古参である。住所は世田谷区深沢《ふかさわ》二丁目のアパートで例の「穴」の至近距離である。

勤めぶりは真面目で人の面倒見がよく、上司、朋輩《ほうばい》の評判はよい。特に親しくつき合っている女性の噂《うわさ》は上っていない。

まだ彼を理香の隠れたる恋人と断定するのは早計である。だが出身が湯河原町で箱根湯本や「穴」に土地鑑のある状況や、理香の同行者が湯本から電話をかけた露木ひろしと同窓である点などから考えて、かなり可能性が大きい。

畑中は一通り高見に関する予備知識を得ると高見と〝対決〟することにした。

高見とは同一営業部に属している関係でたがいに面識がある。夜勤で何度か一緒になったこともある。

高見が日勤《デイシフト》の退社時を狙って畑中は声をかけた。

「高見君、きみはどちらに住んでいるの」

すでに住所も調べてあるが、知らない振りをして訊いた。

「世田谷です」

「世田谷のどこ」

「深沢ですよ」

高見は面倒くさそうに答えた。

「深沢というと、社長が落っことされた穴の近くじゃないのかな」

畑中がさりげなく探りを入れると、高見はギョッとした表情になって、

「あれはたしか目黒区でしょ」

「目黒区でも世田谷区との境界に近い所だったよ。実はぼくもあの近辺に住んでいるのでね」

「本当ですか」

高見はびっくりしたようである。

「最近引っ越したのだ。都立大学だ。駅前の海図《チャート》という喫茶店によく寄る」

　高見は畑中の意図を探るように顔色をうかがっている。

「あの店のマスターはいい画を描くね、壁に飾ってある箱根の油絵などは玄人《くろうと》まっ青だ」

「…………」

「ぼくもあの画を見て現地に行きたくなってね、紫翠楼へ泊まったんだよ」

「…………」

「ゲームコーナーへ行ったらびっくりしたなあ。元うちの社員だった花守理香さんの名前が最高得点者として貼り出してあるじゃないか」

「失礼します」

　高見は表情をこわばらせて言った。畑中は確信をもった。

「待ちたまえ」

　聞こえない振りをして行きかけようとするのへ、

「きみは花守さんを知っているな。それも相当親しい関係だった」と追い打ちをかけた。

　高見はギクリとしたように立ち停《ど》まったが、

「フロントとルームですからね、親しくはしていましたよ」

　と平静を装って辛うじて踏みとどまった。

「いや仕事の上だけでなく、個人的にもだ。例えば箱根に一緒に行くほどにだ」

「なにを証拠にそんなことをおっしゃるのですか」

「きみは箱根の旅館から高校の同窓の露木ひろしに電話しただろう」

「露木に会ったのか」

おもわず語るに落ちてしまった。高見が自分の失言に気がついたときは遅かった。

「会ってはまずいことでもあるのかな」

「そ、そんなものはない」

畳みかけられてしどろもどろになった。

「どうだね、この辺で本当のことをしゃべっては」

「本当のことって何だ」

「とぼけちゃいけない。きみだろう、社長を誘拐したり、ホテルを脅迫したりしたのは」

「じょ、冗談じゃないよ。おれはそんなことはしないよ。本当だよ、信じてくれよ」

高見が顔色を変えて大きな声を発したものだから周囲から視線が集まった。高見を人目のない方角へ引っ張って来て、

「きみでなければだれがするんだね」

「そんなこと知るもんか。とにかくとんでもない言いがかりだよ。だいいちそんなことをする理由がない」

「花守理香とつき合っていたんだろう」

「たしかにつき合ってはいたさ。だからといってなぜおれがそんなことをするんだ」

「花守理香は自殺をした。恋人としてその理由を理香から聞いていたきみは、ホテルに復讐を加えたんだろう」

「おれがホテルに復讐？……理香のために」

高見は一瞬きょとんとしたが、けたたましく笑いだした。

「笑ってごまかすんじゃない。きみ以外にだれがいる」

「ごまかしてなんかいませんよ。でもぼくは理香のためにまちがっても復讐なんかしません。たしかに彼女とつき合っていましたが、セックスだけのつき合いだったんです。そんな彼女のためにどうしてホテルに復讐しなければならないのですか。ホテルと理香がどんな関係があるのですか」

落ち着きを取り戻したらしい高見の言葉遣いが改まった。畑中の確信が動揺しかけている。

「すると、きみじゃないというんだな」

「当たり前ですよ。ぼくは彼女よりこのホテルを愛しています。ぼくはこの職場が好きなのです。だからホテルの弱点を突いて無差別な脅迫をしている犯人に対してだれよりも腹を立てているのです。だいいち理香が死んだわけを知らないんだから復讐のしようがないでしょう」

「なぜ理香との関係を隠していたのかね」

「社員同士の恋愛が会社に知れたらいいことありません。それも結婚するならともかく遊びの関係ですからね」

「彼女とはいつどうやって親しくなったんだね」

「帰る方角が同じで一年くらい前から親しくなったのです。関係が生じてからも二人の仲はたがいに隠しておこうと約束したのです」

「きみの家の近くに社長が落とされた穴のあることは知っていたかね」

「全然知りませんでした。社長がそこに落とされたと知ってびっくりして後で見に行ったくらいです」

「理香は穴の存在を知っていたようだったか」

「さあ、多分知らなかったんじゃあないですか。そんな話はしたことがありませんでした」

「理香にはきみ以外につき合っていた男がいたかね」

「話しもしないし、訊きもしなかったけれど多分いたとおもいます。〝翔《と》んでる女〟でしたからね。初めてつき合ったとき処女ではなかったことは確かでした」

「するとおかしなことになるな」

「何がおかしいのです」

「きみは本当に花守理香の自殺の理由を知らないのか」

「知りません。理香の自殺がホテルに関係あるのですか」

高見の表情は嘘《うそ》を言っているようには見えない。彼が理香の自殺理由を知らなければ、復讐のターゲットが据えられない。そこで復讐説は破綻してしまう。

だが、徳義が言うように理香が大野風堂に犯されたのを苦にして自殺をしたとすれば、高見から聞いた理香の私生活の態様と矛盾してしまう。複数の男とセックスだけのつき合いをしている女が、老醜の政治家に犯されたぐらいで自殺をするはずがない。すると彼女の死はどういうことになるのか。

「ホテルの屋上から飛び降りて死んだのだから、ホテルの中でなにかいやなことがあったのだろう」

高見が知らないらしいので、畑中はとぼけた。

「そうとはかぎりません。単に自殺場所としてホテルを選んだだけかもしれません。しかし彼女はどう考えても自殺をするようなタマじゃありませんよ」

「自殺でなければ何だ」

「そんなこと知りません。でも彼女高所恐怖症だと言ってました。箱根へ行ったとき、ロープウェイに乗ろうと誘ったのですが、恐がって乗りませんでした。そんな彼女がどうして高い場所から飛び下りたのかなあ」

高見は首を傾《かし》げた。花守理香の同行者の割出しは空振りに終ったが、新たな重大な疑問が生じてきた。

理香の自殺を、高所恐怖症と私生活のスタイルが阻んでいる。この阻害を越えて理香を死なせるためには、どうしても他為的な力が必要となるのである。

「きみも花守理香の死を怪しいとおもうのか」

「おもいますよ。理香は殺されたんですよ。だからあなたに復讐と言われたときギョッとしたんです」

「理香を殺した人間に心当たりはないかね」

「ありませんね、ただ……」

「ただ何だね」

「理香が生前ふと、自分は殺されるかもしれないと漏らしたことがあるのです」

「そんなことを言ったのか」

「ぼくもびっくりしていったいだれに殺されるというんだと訊き返すと、嘘々と笑いにまぎらしてしまいました」

「きみはホテルを脅迫している犯人が憎いと言ったね」

「できればこの手で捕えてやりたいとおもっています」

「理香を自殺に追いつめた、あるいは殺した犯人と社長誘拐、ホテル脅迫犯人は共通しているかもしれない。これから犯人探しに協力してくれないか」

「喜んで。でもどうして畑中さんが」

「ぼくはハウス・ディテクティヴ、つまりホテルの探偵だよ。社長の直命によって動いているとおもってくれたまえ」

「それじゃあぼくも間接的に社長命で動くことになりますね」

「そういうことになるな」

2

畑中は一応これまでの調査結果を徳義に報告した。

「すると花守理香の死は、誘拐脅迫に関係ないというのかね」

「断定はできませんが、理香は自殺する状況にありません。すると、大野風堂の一件は理香の死から切り離してよろしいかとおもいます」

「理香が自殺でなければ、事故死か他殺ということになるが、仮に他殺とした場合、さらに怨みが深くなるとおもうが」

「しかし殺した犯人が不明であれば怨みの矛先をどこへ向けてよいかわからないはずです。だれが理香を殺したのか、いや自殺か事故死か他殺かすら不明の段階に、ホテルを怨みのターゲットとして復讐するとはなんとも気の早すぎる話ではありませんか」

「高見という従業員の話は信用できるのかね」

「私は信用してよいとおもいます。社長の前にお連れしますから首実検されたらいかがですか。マスクとサングラスを着けていたそうですが、社長は犯人と直接会っているのですから」

「何人いても社員ならたいていわかるはずだよ」

「それならなおさら信用できます」

「すると花守理香は無関係と考えてよいのだね」

「そうは断定できません」

「いまきみは切り離してよいと言ったじゃないか」

「大野風堂から切り離してよいと申し上げたのです。私は理香が〝穴〟の近くに住んでいた事実が偶然ではないようにおもいます」

「高見も〝穴〟の近くに住んでいるんだろう」

「帰る方角が一緒で親しくなったと言っております。高見が犯人でなければ、犯人はどうして穴の土地鑑を得たのか。やはり穴の近くに住んでいるのか、あるいは花守理香から聞いたのではないかとおもいます」

「花守理香が殺されたとすればなぜだろうか」

「わかりません。警察も自殺として処理したのでしょう」

「大野風堂以外に自殺の原因は考えられないのかね」

「高見は彼女が自殺をするような人間ではなかったと言っております」

「なんだかややこしくなってきたな。それで今後のきみの方針はどんなかね」

「残念ながら暗中模索です。なお理香の生前の人間関係を洗ってみるつもりです」

「頼むよ、ホテルはダウン寸前なんだ」

だが徳義の表情はさしたる期待をかけているようにも見えなかった。

「ところでその後の警察の動きはいかがですか」

「ホテルの退職者を洗っているようだ」

「有力なのが浮かび上がったのでしょうか」

「どうも目星《めぼし》いのがいないらしい」

「警察は理香の自殺を疑ってはいませんか」

「一応彼女の生前の人間関係は洗った模様だが、なにも出て来なかったらしい」

「捜査に圧力がかかったかもしれませんね」

「圧力が？」

「高見の話によれば彼女はかなり発展家だったようです。彼女の身辺を洗っていれば、当然大野風堂の一件が浮かび上がってきたとおもうのです」

「少なくとも他殺とは考えていないようだよ」
「それだけ我々の方が先回りしているのでしょうか」
「そういうことになるかな」
事件発生二ヵ月前に原因不明の自殺を遂げた花守理香が警察の目に引っかからないはずはないのである。警察は自殺の原因の一つとして大野風堂との関連を探り出したであろう。

だが理香の身辺にそのことによって怨みを含むような人物は浮かび上がらなかった。すべて金で解決し、両親遺族に至っては彼女の自殺の原因（大野との関係）すら知らないはずである。

理香に何人かの男がいたとしても彼女のために〝仇討《あだうち》〟をおもい立つような実《じつ》のある者は一人もいないだろう。みな「体」だけの関係であったにちがいない。とすれば警察が理香を誘拐脅迫と切り離しても不思議はない。

理香の死そのものはホテルの事件と関わりはないだろう。関わりがないというのは、彼女から復讐は発していないという意味である。

そこまで思案を集めてきた畑中は、はっとした。

理香の死から復讐は発していないかもしれない。だが、彼女の死が復讐の中に含まれていたとすればどうか。すなわち、彼女の死は社長誘拐、脅迫に先立つ、犯人の復讐

――いや復讐とは断定できない――動機不明の一連の犯行の一環と考えたらどうか。この視点は事件にまったく別の展望をあたえるものである。

「きみ、どうかしたのかね」

独りのおもわくの中に閉じこもってしまった畑中の顔を徳義が覗き込んだ。

「失礼いたしました」

徳義に話すにはまだおもいつきの段階である。十分の思考を加えて論理的に成熟させなければならない。

解除された特命

1

高見が畑中の許にやって来た。

「あれからおもいだしたことがあったんですよ」

「どんなことかね」

「理香が、このホテルのお偉方の弱みをギュッと握っていると言ったことがあったんです」

「弱みを握っているだって？」

「そのときはなにげなく聞き過ごしてしまったんですが、いまになって気になってきました」

「そりゃきみ大変なことだぞ」

「大変ですか」

「大変だとも。お偉方がだれだかヒントになるようなことは言わなかったかね」

「それがね、すぐ言ったことを後悔するように口を噤《つぐ》んでしまったのです」

理香はまちがえて大野の部屋へ行ったことになっている。もしそれがまちがえたのでなければどういうことになるか。

畑中は商社時代行なった接待作戦をおもいだした。海外から重要な顧客や取引先が来日したとき、会社が特別に契約しておいた女性を侍《はべ》らせたものである。

彼女らを特接（特別接待）社員と呼んで常時数人とコネクションをつけておいた。彼女らはおおむね会社が常用するクラブのホステスであったり、芸者や女優の卵であったりした。

花守理香はホテルフェニックスの特接社員ではなかったのか。ホテルがそのような社員をおいているという話は聞いたことがないが、これだけ大型の国際ホテルになると、VIPのさまざまなリクエストに応えるためにあるいは密かに用意しているかもしれない。

「きみ、特別接待社員というのを聞いたことはないかい」

「特別接待……？」

「お客の要求に応えて寝る女性社員だよ」

「会社の命令でですか」

ないでしょう」
「そんな女をおいているホテルがあるという話は聞いたことがありますが、うちにはい
「そうだ」

「いたとしても内密にしているだろうな」

「まさか理香がその特別……とかいうんじゃあ」

「その可能性はないかな」

「まさかとはおもうけれど」

「実はね彼女の生前の住居へ行ってみたんだよ。柿の木坂の高級マンションで、ホテルのメードの給料でよく入っていられたなと感心したもんだ。スポンサーがいたか、あるいはなにか特別なアルバイトでもしていなければとても住める場所じゃないとおもうがね」

「そう言えば近所同士だから遊びに行きたいって言ったんですが、家を覗かれるのはいやだからって寄せつけませんでしたね。身につけていたものも高級品ばかりで、金まわりがよさそうだったな」

理香が接待客をまちがえたとしたら、いったいだれとまちがえたのか。いまにしておもえば、ルームサービス係でもない彼女がなぜ夜間客の部屋へのこのこ出かけて行ったのか。この辺になにか潜んでいるかもしれない。

「畑中さんは社長の特命（匿名）探偵なんでしょう」

また自分のおもわくを転がし始めた畑中に高見が声をかけた。

「そうだよ」

「だったら社長直々に訊いてみればいいじゃないですか」

「そうだったね」

畑中は苦笑した。

2

「花守理香が接待社員だって⁉　そんな馬鹿な」

畑中から尋ねられて徳義は仰天した様子である。

「会社《ホテル》から大野風堂にリクエストされて侍らせたということはございませんか」

「我が社はそんな管理売春のような真似《まね》はしない」

「社長のご存知ない、例えば営業部レベルの裁量でやっているということはございませんか」

「まさかとはおもうがね」

徳義の表情が急に自信がなくなって、

「しかし万一彼女が接待社員であれば、人ちがいとか、強姦されたのという問題は起きないはずじゃないか」

「大野が彼女の了解している以上のことを無理強いしたとすればどうですか」

「つまり変態的なことという意味かね」

「そうです。そこで彼女が怒り出した」

「まさかとはおもうがもう一度調べてみよう」

「私は仙台へ行ってみます」

「仙台へ何しに」

「花守理香の実家です。両親や家族に会って彼女の生活史を調べてきます」

「理香の件は解決がついているのだから、藪蛇《やぶへび》にならないように頼むよ」

「その辺は心得ております」

「犯人はその後鳴りを静めているが、そろそろなにかやりそうな予感がするんだ」

「犯人の意図はホテルに損害をあたえることにあって無関係の一般客を傷つける意志はなさそうです。マスコミが取り上げてくれる間は脅迫状を送るだけに留まっているんじゃないでしょうか」

「そうだといいんだがね」

だが徳義の予感は翌日不幸にも的中した。午後零時三十分ごろ、本館三階のBウイングの廊下から大量の赤みを帯びた煙が放出されるのを、折からルームサービスを運んで来た従業員が発見した。

連絡をうけた技術部員、保安部員、客室係などが駆けつけて煙源を確かめたところ、Bウイングの棟末廊下に発煙筒が仕掛けられてあるのを発見した。

幸いに発見が早かったのと、チェックアウトタイム後で客が少なかったので、混乱と被害はなかった。発煙筒は信号用のもので塩素酸カリと乳糖の混合物《ミクスチユアー》に着色剤を入れたものであった。

本館は三矢型ABC三つのウイングによって構成され、中央がエレベーターコア、各棟末に非常階段がある。犯人は発煙筒を仕掛けた後、非常階段を伝って逃走したとおもわれる。

だが被害こそなかったが、この事件は競ってマスコミに大々的に報道された。遂に犯人が実力行使に出たのである。

発煙筒ぐらいなら人間に被害を及ぼさずにしかも大きなマスコミ効果を狙える。犯人の巧妙なる計算が感じられた。

たった一本の発煙筒であったが、ホテルにあたえた衝撃は大きかった。二度目は何を仕掛けるかわからないぞという言外の脅迫を加えている。

この騒動のために畑中の出発が一日遅れた。二日後、畑中は大宮から東北新幹線に乗った。花守理香の実家は仙山《せんざん》線北仙台駅に近い台原四丁目にある。郊外の静かな住宅街である。番地を頼り尋ねあてた先は、広い庭をめぐらした古い家であった。

玄関のブザーを押したが、家の中はまるで無人のように静まりかえっている。留守かとおもいかけたとき、ようやく気配があってドアが開けられた。ドアの隙間から五十年輩の顔色の悪い女の顔が覗いた。理香の母親らしい。

「ホテルフェニックスの畑中と申しますが、お嬢様についてお尋ねしたいことがあっておうかがいしました」

「まあ東京のホテルから」

女の表情が愕《おどろ》いて、チェーンをはずし、ドアを広く開いた。

「どうぞお入り下さいまし。娘が生前は大変おせわになりました」

応接間に招じ入れられたが、家の中に家人の気配はない。広い家だが、寒々とした雰囲気である。人事課で得た予備知識によると父親は塩釜の水産会社に勤めており、理香の二人の兄もそれぞれ同地の水産会社で働いているということである。

間もなく母親が茶道具をもって入って来た。

「どうぞおかまいなく。お嬢さんのお話をうかがいに来ただけですから」

「本当に、わざわざお越しいただきまして、生憎主人は勤めに行っておりまして申しわけございません。あんな娘なのでさぞご迷惑をかけたこととおもいます」

「お嬢さんはなぜ東京へ出られたのですか」

「父親が自分の会社に勤めるように勧めたのですが、そんな魚臭い所はいやだと言って自分で勝手に東京の洋裁学院の入学手続きを取ってしまったのです。将来はデザイナーになるんだと言ってました。あのときどんなことをしても引き留めていれば、死なずにすんだのでしょうが、派手好きな子でしたので一生田舎に閉じこめておけなかったでしょう。こうなる運命だったのですね」

母親は茶をいれながら肩を落とした。まだ老け込む年齢ではなさそうだが、一人娘に不慮の死を遂げられて年齢以上に老いが進んだ様子である。

「派手好きとおっしゃいましたが、こちらにおられたころ親しくしていた男の人はいましたか」

「ボーイフレンドはたくさんいたようです。夜遅くまで遊んでいたり、夜中男から電話がかかってきたりして父親に叱られていました。私の言うことなんかまったく聞かなくなっていました」

「お嬢さんの自殺についてお母さんにはなにかお心当たりがありますか」

「あの子は上京してからまったく家に寄りつきませんでした。手紙も電話もほとんどよこさなかったので、なにをしているのかまったくわかりませんでした。ホテルへ勤めたというのもホテルから戸籍謄本の提出を求めてこられて初めて知ったのです。主人などは生きているころからあの子は死んだも同然だと言ってました。腹を痛めた私は、そのようにあっさりと見放せません。どんな子でも我が子は我が子です」

彼女は悲しみを新たにしたらしく目頭を押えた。

「私共も責任を感じております。そこでお母さんにおねがいなのですがお嬢さんの自殺の理由がはっきりしておりません。我々としてもせめてそれをはっきりさせて、菩提《ぼだい》を弔いたいとおもっております。お嬢さんの遺品の中に日記、メモ、手紙、アルバム、名刺のようなものはなかったでしょうか」

「それはもうホテルの方に差し上げておりますが」

母親が怪訝《けげん》な顔を向けて、

「あの子が死んだ後、東京のマンションの遺品を引き取ったのですが、その際ホテルから人が来まして自殺の理由を知りたいから貸してくれとおっしゃって手紙や手帳の類《たぐい》を一切もっていったのです」

「ホテルのなんという人間ですか」

「さあ、総務課の人と言ってましたけれど、名前は聞きませんでした。そんなものを欲しがる人は他にいないとおもいましたので」

初耳であった。すでに彼女の上京後の一切の生活資料は自称「ホテルの人間」の手に渡っていたのである。その人間の人相特徴を聞いたが四十前後の平凡なタイプというほかは母親の印象に残っていなかった。

「なにかそれが大変なことだったのでしょうか」

母親が心配そうな表情になった。

「いえ、手まわしがよいなとおもったものですから」

母親の不安をさりげなく躱《かわ》したものの畑中は、はるか後手にまわった悔しさを心中嚙みしめていた。

だが仙台まで来たおかげで、理香の私生活資料に興味を抱いている自称「ホテルの人間」がいたことを知ったのである。それだけでもまったくの無駄足ではなかった。

3

帰京して徳義に仙台行の結果を報告しようとすると風向きが変っていた。

「きみ、その件はもういい」

徳義は素気なく言った。

「もういいとおっしゃいますと」

「調査を打ち切っていい。あとは警察に任せて、きみ本来の仕事に戻ってもらいたい」

「止めろということですか」

「そういうことだ」

「犯人の目星がついたのですか」

「それもきみが心配する必要はない。警察の仕事だ」

「それはまた突然のお話ですが、なにかあったのですか」

「きみ僭越《せんえつ》だよ。もともと私が命令したことなのだ。私が止めろと言うんだから止めればいいのだ」

徳義は居丈高に言った。

畑中はあっけに取られた。いったい何があったというのか。ホテルの危急存亡の秋《とき》に、犯人を捕えるべく社長直命による捜査を突然中止せよとは、理解に苦しむ。

考えられるのは、畑中の動きが、ホテルにとって都合が悪くなったということである。それはどんな都合か。

「社長が止めよとおっしゃるのであれば止めます。しかし社長は過日の訓示でいまや我が社は創立以来の危機に見舞われている。全社員一丸となってこの社難ともいうべき難局に当たってもらいたいとおっしゃられましたが、私は社長の意を体し、社敵を捕えるべく私なりに努めてまいりました。遅々たる歩みではありますが、着実に敵に迫っている自負があります。それを中途で止めろというのは、会社が現在陥っている苦況に相反するようにおもうのですが」

「会社の苦況についてきみと討論するつもりはない。とにかく調査は中止してもらいたい。これは至上命令だ。一切の疑問や質問は許さない。いいね」

「かしこまりました」

こうなっては論じ合うべき余地はない。もともと対等の立場ではないのである。お情けによって余生を拾われた腰掛けですらない下駄を預けただけの〝下足社員〟にすぎない身分である。

がっくりしてＨ・Ｄデスクへ戻って来ると、高見が寄って来た。

「なんだか冴《さ》えない顔をしていますね。仙台はいかがでしたか」

「これだよ」

畑中は手刀で首を打つ真似をした。

「どうしてですか」

高見の表情が驚いた。

「わからない。上の方ではこれ以上いじくられたくなくなったんだろう」

「つまり直命解除というわけですか」

「そういうことさ」

高見は少し考えて、

「つまり畑中さんの調べが本筋を踏んでいるということですね。本筋がお偉方の痛い所を突きそうになったんですよ」

「多分そんなところだろうね。しかしそれなら初めから頼まなければいいんだ」

「初めは痛い所を突いてくるとはおもわなかったんでしょう」

「どの辺から痛い所を突くようになったのかな」

「仙台へ行ってからでしょう。仙台でなにかわかったのですか」

「仙台の調査結果を報告する前にいきなりもういい止めろと言われたんだ。仙台へ行っている間になにか起きたんだな」

「上の方なんて勝手なもんですよ。常に自分の身のことしか考えない」

「仙台へ行く前に社長に花守理香は特接社員ではなかったかと尋ねた。社長は知らなかったようだった。早速調べてみると言った。その結果、理香についてこれ以上詮索されるとまずい事実がわかったんだろう」

「するとやっぱり理香は特接社員だったのですか」

「特接社員自体はわかっても大したことじゃないのだ。社長から特命をうけたとき、おおかた察しはつけていたことだ。問題は彼女がだれを接待したかだな」

理香が死ぬ直前大野風堂に関わったことは高見は知らないはずである。だが畑中にとってはそれは秘密ではなくなっている。彼女の〝関係者〟で大野以外の人間がいるのだ。それが明るみに出されると徳義にとって都合が悪いのである。だからこそ突然の中止命令となった。その関係者とはだれか。それは理香の生活資料一切を引き取った「ホテルの人間」と無関係ではあるまい。

　畑中の脳中で凝縮してくるものがあった。

4

　脆《もろ》いものだと畑中はおもった。父祖が興して以来四代、その間数々の試練を潜り抜けて日本ホテル業界の名門として生き残った老舗ホテル、巨額の資本を投下し、近代建築の粋を凝らした世界に誇り得る設備を網羅した現代の巨城ともいうべきマンモスホテルがただ一片の脅迫によってその経営基礎を揺り動かされている。

　安全と信頼の上に成り立っているホテルの急所を突いた脅迫にホテル側は為すすべもなく、止《とど》めを刺されるのを待っている状態であった。

　ホテルフェニックスが浮こうと沈もうと畑中にとってはどうということはない。一時期下駄を預けただけの場所であるから、畑中にはホテルと運命を共にしようという気など、一片もない。ないはずであった。

　だがそこに下駄を預けている間に愛着がわいてきた。ましてその社が浮沈の瀬戸際に瀕しているとなるとなおさらである。

　畑中は自分の感情の推移が不思議であった。

　会社というものの冷たさは以前の商社時代に骨の髄まで味わわされたはずである。会社は社員が会社を愛するようには決して社員を愛してくれない。

悪達者の遊女の手練手管のように運命を共にするかの如《ごと》き一体感の幻想をもたせ、将来に甘い夢を見させるが、もはや会社にとってなんの貢献も果たせないと知るや消耗品として容赦なく捨ててしまう。いや貢献をしていても、派閥の争いに敗れれば切り捨てられてしまう。

会社は重代つづくが、社員はどんなに忠誠を誓っても一代限りである。会社と社員が運命を共にするなどということはあり得ないのだ。

だが会社には一種の魔力がある。社員をしていつの間にかその社の虜《とりこ》としてしまう魔力がある。いったんその魔力に取り憑《つ》かれると、会社を通してしか物事が見えなくなる。会社に切り捨てられて初めて魔力から解放される。中には切り捨てられても解放されない者もある。生涯、そして死後まで会社の鎖に縛りつけられている〝社奴《しゃど》〟である。

畑中はもう社奴の身分は真っ平だとおもった。残り少ない余生は、せめて自分の自由に過ごしたい。

だがいまホテルフェニックスの〝社敵〟を捜索している間にその見えない敵に対する敵意が湧いてきている。それはとりもなおさず、ホテルに対する愛情の裏返しであった。

いったいこの愛情はどこから来るのか。結局自分は会社が好きなのではないのか。自由という形の一人よりも、会社に所属するのが好きなのであろう。

忠誠を誓った憶えはなくとも、所属している間に、愛着が生じたのであろうか。畑中はこの愛着は危険だとおもった。

毒源への溯行《そこう》

1

七月二十五日午後九時ごろルームサービス係の椋本正記《むくもとまさき》は新館2151号室にオーダーを運んでいった。オニオングラタン、海老《えび》のカレー、グリーンサラダ、ポットのコーヒー、チーズケーキ、各一である。2151号室のチャイムを押すとドアが開かれて若い女が裸身にバスタオル一枚の姿で立っていた。

入社三ヵ月の見習い中の椋本は一瞬ギョッとしたが、女性の方を見ないようにしてワゴンをドアから部屋の中に入れた。

「有難う、そこでいいわ」

女性客は言ってワゴンを引き継いだ。

「サインをおねがいします」

椋本は伝票にボールペンを添えて差し出した。控えの方を客に渡して伝票を受け取り、部屋を去って来た。この間一分も経過していない。

女性がかたわらに立ったとき、バスを使いたての肌の香が迫った。まともに顔を見なかったが、髪の長い、彫りの深い外国人っぽい美しい女であったようである。もしかするとハーフかもしれない。職業もモデルか女優の類であろう。

部屋から出ると若い椋本はポーッとなった。これが〝女っ気〟に当てられたというのかもしれない。

部屋はダブルであったが、チラと一瞥《いちべつ》した室内に男の気配はなかった。ベッドも乱れていなかった。オーダーの内容からみても同行者はいないようであるが、後から来るのかもしれない。

「あんな美《い》い女と同じ部屋で過ごす男はいったいどんな人間なのだろうな」

まだホテルマンになりきっていない椋本は彼女を自由にできる男に嫉妬を覚えた。


七月二十六日午後一時、客室整備係の石動米子《いするぎよねこ》は自分の担当客室2151号室がまだ出発しないので、フロントから館内電話で呼んでもらった。だが部屋から応答がないので様子を見に来た。

2151号室には「入室禁止札《ドント・ディスターブ》」がかけられている。だが今日出発予定になっており、正午の出発時間を過ぎてもうんともすんとも言ってこないのは、蛻《もぬけ》の殻《から》になっている場合が多い。

石動米子は部屋の前に行ってまずチャイムを押し、次いでノックをした。だが部屋の中にまったく人の気配はなかった。

これだけ外から呼んでも応答がないのは、ドンディス札《タッグ》をかけたまま出て行ってしまったと考えざるを得ない。

石動米子は念のために「失礼します」と声をかけて、スペアキイをキイホールに差し込んだ。二人部屋は注意しないと、カップルのプライベートな行為の最中に際会することがある。

部屋の中はカーテンが引かれ、電灯がつけっ放しである。人の気配はなかった。米子はそのときかすかに甘酸っぱいにおいを嗅いだようにおもった。たいていの客は部屋を去るとき電灯類は消していってくれるが、だらしのない客はすべてそのままである。使用ずみの避妊具や生理用品を裸のままトラッシュの中に残していく無神経な客もある。

米子は眉をしかめて部屋の中に入った。会計の支払いをすましていないのであるから、そのまま逃走してしまった恐れもある。

だが不思議なことにベッドは使用した形跡がない。ベッドの奥にルームサービス用のワゴンが見える。室内で食事は摂っている。

ベッドを回った米子は、ギョッとして立ちすくんだ。ベッドのかげの死角に、ホテルの浴衣《ゆかた》を着けた女性が俯《うつむ》けに床の上に横たわっていたのである。初めは酔っぱらって床の上に眠り込んでしまったのかとおもった。

声をかけようとして米子は後じさった。その客の身体が微動もしていなかったからである。

ひっという悲鳴が半分のままのど元に凍りついて米子は部屋から転がるように飛び出した。ちょうどそこへ朋輩の中田洋子《なかたようこ》が通りかかった。

「どうしたのよ」

「し、し、死」

問いかけられても咄嗟に言葉が出ない。

「落ち着いて。いったいどうしたの」

ようやく米子から聞きだした洋子が今度は驚く番であった。彼女らはいずれもパートタイマー（正社員の欠勤を補うための）であり、客室で死体と鉢合わせしたのは初めてである。

客室責任者《メードキャプテン》とフロントに連絡された。２１５１号室の客は確かに死んでいた。苦悶《くもん》した様子があり、口辺に微量の血がこびりつき、床に吐瀉物《としゃぶつ》がある。素人目《しろうとめ》にもなにか毒物を摂取して死に到った状況である。死体のそばには、食べかけのルームサービスの料理がある。

ホテル側は色を失った。彼らは遂に脅迫犯人が無差別殺人の挙に出たとおもったのである。毒物がルームサービスの中に仕掛けられていたとすれば、致命的である。息も絶えだえのホテルはこれで息の根を止められる。

首脳陣は鳩首協議《きゆうしゆきようぎ》した。当面の問題は警察に連絡するかどうかであった。

「このまま警察に連絡しては絶対にまずい」

と勇助が主張した。

「どうするつもりかね」

智和が代表して聞いた。

「客室で死んでいたのを知っている者は整備係と限られた人間だけだ。彼らに口止めをして死体をホテルと関係ない場所に移動すべきだ」

「馬鹿なことを言ってはいけない。変死体を勝手に動かしてあとで露顕したら取り返しがつかなくなるぞ」

智和が真っ向から反対した。

「では他にどんな手があるのか。ホテルのルームサービスを食して死んだということになればもう立ち上がれない。外でなにを食べて死んでもホテルは関知しない。この際背に腹はかえられない。ホテルの中で死んだことは絶対に秘匿すべきだ」

勇助も譲らなかった。

「そんな口止めがいつまでもできるとおもっているのかね。まして発見者はパートなんだ。とうてい隠し通せるものではない」

「金で黙らせるのだ。ホテルの外へ運び出してしまえば、後でだれが何を言おうとホテルの中で死んだという証拠はない」

「まだチェックアウト（出発）していないんだぞ」

「そんなことは問題ではない。外出中に死んだことになる」

「危険が大きすぎる。私は反対だね。死体は他殺の疑いもあるんだ。そんな死体を捨てたら殺人の共犯と死体遺棄罪に問われる。会社にそんな危険な賭けはさせられない」

智和は断乎《だんこ》として反対した。どちらの意見も会社を守ろうとして発しているだけに尤もである。一座の者もいずれに与《くみ》することもできず、激論の帰趨《きすう》を見守っているだけである。

「副社長、専務の意見はわかった。他の者はどうおもうかね」

徳義に問われてもだれにも答えられない。

「それでは私の考えを言おう」

徳義は列席者の顔をぐるりと見渡してから、

「副社長と専務の意見はいずれも根拠があり、尤もだとおもう。だが、死者の死因は現在不明だ。犯人の毒物投入以外の原因による可能性が大であるとおもう。これが犯人の毒物投入による無差別殺人であるとすれば、大量の被害者が同時に発生しているはずだ。だがいまのところ死者は一人だけで、他に被害者が出たという報告はない。

あるいは自殺かもしれない。それを早とちりしてホテルが勝手に死体を動かすのは、藪蛇になる恐れがある。私はこの際、警察に任せるのが得策だとおもう」

「お言葉ですが、いまは死因が何であるかは重要ではないとおもうのです。当ホテルから死体が出るのがまずいのです。この場はどうあっても死体を移すべきだとおもいます」

勇助が自説に固執した。

「きみの意見はわかる。私は確率から話をしておるのだ。死体を移すのと、警察に委ねるのと、どちらが危険が大きいかの確率だよ。死体を移動したことが絶対に露顕しないという保証はない。いや露顕する率のほうが高いと言わなければならない。私としては会社により大きな危険を賭けさせるわけにはいかんのだよ」

徳義の言葉が結論となった。

2

ホテルの通報によって警察が臨場して来た。死者の名前はホテルのレジスターによると桜田百代（二二）杉並区永福《えいふく》三の十×アーバンハイム215、OLである。

死体は鮮紅色の死斑《しはん》を呈しており、一見して青酸系毒物による中毒の状況である。警察は緊張していた。これが脅迫犯人が予告していた実行行為であるなら、これからも新たな犠牲者が出る可能性がある。

死体は素肌にホテルの浴衣をまとい、床に俯けに倒れていた。死体のかたわらにルームサービスのワゴンがありその上に食べかけの食物が散らばっている。毒物摂取後数分で死に到った模様である。苦悶してベッドの毛布をつかんだとみえて、毛布の端が床にずり下がり、浴衣の前はほとんどはだけている。

外表からの検査では、死体に抵抗の痕跡やその他の創傷は認められない。また、生前死後の情交痕跡も認められない。

まず毒物の摂取経路の究明が先決である。死者はルームサービスの食事をしている最中に苦しみはじめ、椅子から落ち床の上で絶命した模様である。ワゴンの上には空になったスープ皿、カレー皿、半分ほど残っているサラダを入れた皿、ほとんど口をつけていないチーズケーキ、横倒しになって内容が流れ出してしまったコーヒーポットなどがある。

料理の残物から判断して食事がほとんど終ったところで毒物を摂取した模様である。青酸そのものの致死量は〇・〇五グラム～〇・一グラムである。自他殺によく用いられる青酸カリや青酸ソーダは経口〇・一五グラム～〇・五グラムとされる。

多くの場合ショック状の即死をするが、純度が低下していたりすると五分から数時間かかることもある。

死体は極めて短時間で死に到った模様である。もし多少とも時間がかかっていれば、電話かなんらかの方法で救いを求めたことが考えられる。

毒物の混入場所として最も疑わしいのはコーヒーである。青酸カリや青酸ソーダはコーヒー、コーラ、清涼飲料水、茶、アルコール飲料などに仕掛けて用いられるケースが多い。もしスープに混じられていれば、他の食物を摂取する間もなく苦しみ始めたはずである。

鑑識係がコーヒーポットをはじめワゴン上の食物残物および食器をすべて保存採取した。

一方では死者の身許調べが進行していた。

レジスターの住所はでたらめであったが、所持していた名刺から桂田千明《かつらだちあき》中央区銀座六の六の×× アマポーラ勤務のホステスと判明した。勤め先から住所と、生地が割れた。

桂田千明の居所は港区白金《しろかね》のレンタルマンションであり、そこに一年前から入居している。職業は銀座六丁目のクラブ「アマポーラ」のホステスである。入店したのは二年前で女性週刊誌の同店の求人広告を見て応募して来たということである。

郷里は富山県魚津《うおづ》市で、生家に両親が健在である。四年前地元の高校を卒業後、両親の反対を押して上京、いかがわしいモデルなどをやっていたらしいが、ほとんど生家とは没交渉であったという。

白金のマンションは家賃一ヵ月十五万のかなり豪華な住居である。家具調度も金のかかった品を揃えている。都会で女一人の生活にしては派手であった。

平日の午後九時という時間にホステスがホテルの二人部屋にいたことに対して勤め先のアマポーラでは、単に当夜欠勤していたと答えただけである。アマポーラのその辺の答えには歯切れの悪いところがあるので、なにか言い難い事情が伏在すると警察は見た。

死体は司法解剖に付されることになった。死者の身辺を洗っても自殺の原因となるような状況はなく、死体の状況も他為死を示唆するものであるからである。

ルームサービスの残物および食器を検査した科学検査所化学係は、コーヒーポットの中から青酸化合物を検出した。ここに毒物の混入場所が突き止められたのである。

翌日午後死体解剖の結果が出た。それによると——多量の青酸を胃内容から検出した。死因は青酸化合物の経口摂取による中毒、死亡推定時刻は七月二十五日午後九時より二時間、生前死後の情交痕跡なし、身体各部分に抵抗痕跡、格闘による創傷等は認められない。血液型はA型——というものである。

遺体は解剖後縫合され、死体冷凍室に保存されて遺族の確認を待つことになった。死者は間もなく駆けつけて来た遺族によって確認された。事件はマスコミによって大々的に報道された。これが脅迫犯人による実行為か否か不明であったが、マスコミにとってそれを判明させる必要はなかった。

これまでの一連の事件の素地を踏まえて、ホテルフェニックスで殺人事件が発生した事実に大なるニュースバリュウがあったのである。

毒物の混入場所と摂取経路が判明するにおよんで問題のコーヒーを運んだルームサービス係が取調べられた。問題はコーヒーにだれが毒物を投入したかである。考えられる可能性は、一、コーヒーを届ける前、入れる段階、二、コーヒーを運ぶ段階、三、部屋に届けた後——の三つのケースが考えられる。

一の場合、ルームサービス専用の調理室で大量のコーヒーがつくられ、「釜」と呼んでいる大型ポットの中に貯《たくわ》えられ、随時オーダーによって小ポットに移し変えられて、運ばれる。釜のコーヒーは三十分経過すると味が変るので新しいものと代えられる。釜に毒物を投入すれば他にも大量の死者が出るはずである。また部外者は調理室へ入れない。どのポットがどの客に運ばれるかは、運ぶ段階にならなければわからない。犯人が部内者で無差別殺人を狙えば、コーヒーポットのどの一つにでも毒物を投入することにより目的を達せられるので可能性はあるが、調理室には常に多数の目がある。当夜のコーヒーを用意した者やルームサービス係を調べても怪しい人物は浮かび上がらない。

三は被害者が一人でいたところから、まず二のケースが最も疑いをもたれたのである。オーダーを運搬するルームサービス係がその気になれば飲食物の中にいくらでも毒物を混入する機会はある。

「冗談じゃありません。ぼくがなぜそんな恐ろしいことをするのですか。ぼくは命ぜられたとおりのオーダーを運ぶだけの役目です。毒なんてとんでもないことです」

取調べをうけた、当夜2151号室へルームサービスを運んだ係の椋本正記は半分憤然として半分泣き声で抗議した。椋本は本年高校を卒業したばかりの入社三ヵ月の見習い期間中である。これまでの捜査では椋本と被害者の間にいかなる関係も発見されていない。被害者の部屋にルームサービスを届けたのも当夜が初めてということである。

「きみがオーダーを届けたとき、部屋の中にはガイシャいや桂田さんは一人だったかね」

捜査官は尋ねた。

「一人でした」

「バスルームにだれか隠れていたような気配はなかったかね」

「バスルームのドアは開いていました。中にはだれもいませんでした」

「ワードローブの中はどうかね」

「そこまで注意しませんでした。まさかそんな所に人間が隠れているとはおもいませんので」

「きみがオーダーを届けたとき、彼女になにか変った素振はなかったかね」

「裸にバスタオルを巻きつけただけの姿で出て来られたのでびっくりしました」

「裸にバスタオルね」

捜査官はその姿が死者が素肌に浴衣をつけただけで死んでいた状態に連なることを考えた。

捜査官は椋本に対する容疑を捨てていた。彼には被害者に対する殺害動機、あるいはホテルに対して怨みを含む原因がまったく見当たらなかった。

初期捜査、鑑識の検査、解剖結果を踏まえて捜査会議が開かれた。第一の議題はこの殺人が被害者個人を狙った殺人かあるいはホテル脅迫犯人の無差別殺人かという問題である。

「被害者に個人的動機をもつ者の犯行と考えられる。なぜなら無差別殺人であるならパーティや食堂などを狙ったほうがはるかに犯行が容易であり、ダイナミックな効果をあげることができるからだ」

まず個人的動機を主張する説が唱えられた。

「犯人は無差別殺人を狙ったとしても無関係者を大量に殺すことを好まなかったとも考えられる。その場合ただ一人を殺傷するだけで十分目的を達せられる。犯人にとっては大勢を殺す必要はまったくなかった。現にマスコミの過熱した報道ぶりをみても、大量殺人の必要がないことを示している」

と直ちに反論が出た。

「しかし毒物の投入経路を溯《さかのぼ》って調査してみると、投入機会はルームサービスが届けられた後しかない。すると犯人はルームサービスが運ばれて、被害者がそれを摂取するまでの間にその部屋に入って毒物を投入したことになる。それができる者は被害者と親しく、部屋に迎え入れられるような人物でなければならない。

夜間、若い女性の部屋に招じ入れられる人物が、無差別殺人の犯人たり得るか」

「被害者は生前多数の男性関係があった模様である。彼らの中に無差別殺人の犯人がいたとしても不思議はあるまい」

「つまり無差別殺人の的をたまたま犯人が知っている女に据えたというわけか」

「そうだ」

「それはあまりにも安易な想定ではないか。犯人としてはだれでもよいから一人無差別に殺そうと決意したのであれば、なるべく自分と無関係の人間を選ぶはずだ。個人的関わりのある人間を選ぶのは危険だ」

「個人的動機と無差別の実行が重なったとすれば、どうか」

「そんな都合のよい偶然はめったにあるものではない」

どちらも譲らなかった。結論は保留して、犯行方法を検討することにした。最も可能性の大きい、ルームサービスを届けた後、毒物を投入したとすれば、犯人はどのようにして部屋に入ったのかという問題がある。

「犯人は被害者と親しい人物だったとおもう。当夜被害者がダブルルームを押えていた事実からしても、彼女が何者かを待っていた状況が推測される。犯人は彼女の部屋に迎え入れられ、隙を見てコーヒーに毒物を入れたのだろう」

この意見は、犯人個人動機説を踏まえるものであった。

「ルームサービスが届けられてからそれが飲食されるまでの間はきわめて短時間だ。犯人が殺害機会を狙っていたとすれば、部屋の外で係がオーダーを運んで来て帰るのをじっとうかがっていたことになるな」

「そんな必要はない。まず犯人は部屋にいてルームサービスを注文させ、オーダーが届くころを見計らって口実をもうけて部屋の外へ出る。ルームサービス係が去ったころに部屋へ戻って来ればよい。コーヒーを一緒に飲もうとでも言っておけば、コーヒーには少なくとも口をつけないだろう」

「注文は一人前だったが」

「ポットなら辛うじて二人分はあるよ」

「それなら犯人は被害者の死を確認できるな」

「死ぬのをじっと見守って死んだのを確かめてから悠々逃走したのだろう」

「被害者は都内に住居があるにもかかわらずホテルに宿泊したところをみても、だれかを待っていた状況がある」

「勤め先の店では当夜欠勤したと言っているが、どうも歯切れが悪い。被害者の欠勤を黙認していた節が見える」

「店の命令でホテルへ来ていたということは考えられないかな。例えば店のＶＩＰをホテルで〝接待〟するようにと命じられたようなことは。銀座などの店にはそういうホステスがいるという話を聞いている」

「すると店は当夜の被接待者を知っていることになる」

「アマポーラはもっと突っついてみる必要がある」

「アマポーラのＶＩＰを接待するためにホテルで待機していたとすれば、そのＶＩＰが最も怪しいことになる。やはり犯人は個人的動機が強くなるぞ」

「脅迫犯人が他人の殺人の罪まで被《かぶ》せられたらなにか言ってくるはずだろう。あれはおれのやったことじゃないとか」

「必ずしもそうとは限らない。脅迫犯人はなんらかの理由でホテルに怨みを含む者だ。殺人事件によってホテルがますます窮地に追いつめられればまさにおもう壺だよ」

　保留された議題が蒸し返された。結局その日の会議では次の項目が当面の捜査方針として決定された。
一、被害者の人間関係捜査（交友、足取り）
二、アマポーラの業態捜査
三、毒物の入手経路捜査
四、被害者の住居関係および遺品の捜査
五、現場の検索および鑑識活動の徹底
六、ホテル内部の捜査

3

以上の捜査方針の下に、代々木署に設けられていた「ホテルフェニックス社長誘拐、同ホテル脅迫事件」の捜査本部に並んで「ホテルフェニックス内ホステス殺人事件」の捜査本部が麴町署に開設されて本格的な捜査が展開された。まだ両事件が共通犯人によるものかどうか不明であるが、二つの捜査本部は準合同の体制で緊密な連絡を取りながら捜査活動を進めることになった。

アマポーラの捜査を担当したのは警視庁捜査第一課那須《なす》班の下田《しもだ》と所轄署から参加した棟居《むねすえ》刑事のコンビである。すでに二人は数年前の「ホテル黒人刺殺事件」（拙著『人間の証明』）で顔を合わせている。

アマポーラは銀座六丁目の高級クラブバーである。ちょっと腰を下ろすだけで一人三万～五万円取られる、一般庶民には縁のない世界であるが、美々しく化粧した女たちが客のかたわらに侍っているだけの、一見特に豪華でもない店のインテリアである。

店は露骨に迷惑げな顔をした。雰囲気を売物にしている店に無骨な捜査官が来て殺人事件の聞込みをされたのでは商売にならない。

ママや店長になにを訊いても知らぬ存ぜぬの一点張りである。またホステスやボーイたちに尋ねるとあらかじめ言い含められたらしくママの顔色をうかがった〝公式発言〟ばかりであった。

「千明さんは自分の内にとじこもる人で店の者ともほとんどつき合わなかったので、プライベートなことは知りません」

従業員の答えはほぼ一致していた。

「特に親しくしていたお客はいませんか」

捜査員はあきらめずに訊いた。

「店外の私的交際は禁止されていますので、特に親しいと言われましても」

「店内で特に親しかった客がいるでしょう」

「指名制ですからそれぞれの女性が自分のお客をもっていますけど、他の人のお客のことはよく知りません」

木で鼻をくくったような答えばかりが返ってきた。

「店外の私的交際は禁じられているということですが、公的な交際、つまり店が認めた交際ならばいいのですか」

公式発言ばかりなので、なにげなく皮肉って言ったつもりが、相手の表情にギョッとしたような反応が現われた。そのときかたわらで空いたテーブルのセットをしていたボーイがチラリとこちらに視線を向けてなにか言いたそうにした。

ホステスは口を閉じてなにも語らなかったが、刑事たちはそのボーイの表情を敏感に察知した。先刻従業員の間を質問して回ったときも彼が一番ママと店長の顔色を気にしていたのである。二人はいったん店から出た。

「どうやら〝店外公認交際〟にあの店の秘密がありそうですね」

棟居がささやいた。下田がうなずいて、

「店へ来る客を見ていると、酒を飲みに来ているというより、女性と見合いをしているような雰囲気ですね」

「私も感じました。あのボーイがなにか言いたそうでしたね」

「看板になるまで張込みましょうか」

意見が一致して二人はアマポーラの看板を待った。銀座のバーはおおむね十一時半から午前零時までに看板となる。この時間帯はプレミアムを付けないとなかなかタクシーに乗れない。

午前零時を過ぎてから、アマポーラのあるビルから見憶えのあるホステスたちが出て来た。ボーイは店の後片づけをしてから退けるので一足遅れるのであろう。

午前零時三十分、待っていた顔が現われた。店の前ではつかまえずしばらく後をつける。電通通りへ出て数寄屋橋《すきやばし》の交叉点《こうさてん》の方へ向かう。地下鉄の終電は終っている。どうやらタクシーをつかまえやすい方角へ向かっているらしい。

数寄屋橋の交叉点を有楽町《ゆうらくちょう》駅の方角へ渡ったところで頃合いよしとみて肩をポンと叩いた。ボーイは振り向いてギョッとした声を出した。

「刑事さん」

「ちょっときみに訊きたいことがあるんだ」

「なにも話すことなんかありませんよ」

「まあそう言わずにつき合ってくれたまえ。手間は取らせない」

二人は両脇からうむを言わせない形にサンドウィッチにした。

「それじゃあぼくの行きつけの喫茶店にしてくれませんか。そこには店の者は来ませんから」

ボーイは観念したように言った。有楽町の駅近くの喫茶店というよりスナックバーの

ような店で向かい合うと、

「きみも疲れているだろうからあまり時間は取りたくない。死んだ桂田千明さんと親しかった客の男を知っていたらおしえてくれないかね」

「私が言ったということは絶対内緒にしてくれますか」

彼はこの期に及んでも迷っていた。

「約束するよ。捜査で知り得た秘密は絶対外部に漏らさない」

「本当ですね、もしぼくが口を割ったことがばれたらあの店を馘《くび》になるだけでなく消されてしまうかもしれない」

彼はまだ安心ならないように周囲におどおどと視線を配っている。

「消されるとは穏やかではないね。我々は警察だ。安心してしゃべっていい」

「アマポーラは高級コールガールの斡旋所《あっせんじょ》なんです」

「コールガールの……」

なんとなくそんな予感はしていた。

「店の客は各界の大物やＶＩＰ、有名人ばかりです。もちろん売春目的のお客ばかりではありませんが、お店が密かに認めた客だけに女をあてがうのです。少なくとも一晩五十万以上は取られます。客によっては百万ぐらい吹っかけます」

ボーイは話しだした。

「そうか。桂田千明はあの夜客を待っていたんだな」

　ボーイはうなずいた。

「それでその客はだれなんだね」

　ボーイは一呼吸おいてから、

「大野風堂です」

「大野風堂！　あの民友党幹事長の」

「そうです」

　意外な大物が登場して来た。かなりの大物がからんでいるのではないかとは予感していたが、大野風堂とはまた超ＶＩＰである。二人の刑事は緊張した。政治家は警察官僚の上部に君臨して権力という鉄槌《てっつい》を握っている。下手をすると、捜査そのものを叩き潰されかねない。

「すると大野風堂が彼女の部屋に来たというのか」

「大野が来たのかどうかぼくは知りません。ただ彼女が当夜ホテルで一緒に過ごす予定だった相手が大野であることだけは確かです」

「きみはどうしてそれを知っているのだ」

「千明自身の口から聞いたのです」

「千明はなぜそんなことをきみに話したんだね」

「実は……」彼は少しためらってから、「千明とぼくは関係があったんです。将来結婚してもいいような口ぶりでした。ぼくは彼女にそんな仕事を辞めてもらいたかったのですが、結婚するためにも金を貯《た》めたいと言われると、それ以上反対できなくなりました。半分は彼女の取り分になるのです」

「大野とはその夜が初めてだったのかね」

「前にも何回かつき合ったそうです。彼女は大野風堂のお気に入りでした。でも店にはめったに来ません。いつも〝店外〟でした。秘書から電話がきてママの命令で指定されたホテルで待っているのです」

重大な事実を漏らしたボーイはくどくどと自分が情報提供者であることを固く秘匿してくれと訴えた。

「大丈夫だよ。協力者を不利な立場にするようなことはしない。ところできみの名前は」

「言わなければいけませんか」

「調べればすぐにわかるよ」

「山本《やまもと》といいます」

山本と別れてから、棟居と下田はその情報の内容を検討した。

「山本の言葉が事実だとすれば大野風堂は当夜桂田の部屋に来たことになりますね」

「大野が桂田を殺したのでしょうか」

「大野は犯人ではないとおもいます。彼が当夜桂田と会うことはアマポーラのママが知っていたはずです。口止めをして殺人を犯すのはあまりにも危険が大きい。現に山本から漏れてしまった。他にも知っている者がいる可能性があります。大野ほどの大物がそんな危険を冒すとはおもえない」

「すると風堂が来る前か去った後に犯人が来たことになりますね」

「多分前でしょう。桂田に情交の痕跡がありませんから。ベッドも使用されていなかった」

「すると大野は桂田の死体を発見しているかもしれない」

「発見しても自分が発見者にはなれない」

「しかし匿名で通報することはできます」

「一切関わりをもちたくなかったんでしょう。そのときの大野の驚愕と困惑が目に見えるようだ」

「ホテルには彼が来ることはわかっていないのだろうか」

「これから調べますが、おそらく匿名になっているでしょう。ホテル側に知れていれば、通報せざるを得ませんからね」

「いずれにしても大野には対決しなければならないかもしれない。彼がなにか犯人に関する資料を握っているかもしれません」

二人は眼前に巨大な影が立ちはだかったように感じた。

ホテル側に問い合わせたところ案の定、七月二十五日大野風堂の宿泊記録はなかった。忍びで女の部屋へ来て〝用事〟が終った後、来たとき同様にホテルを立ち去るつもりだったのであろう。

店外の注文

1

「本当に頭にきましたよ。まるで犯人扱いなんです。ルームサービスがオーダーを届けただけで犯人扱いされたんじゃたまったもんじゃありませんよ。フロントへ配置替えになったのも、もしかするとホテルの上の方がぼくのことを疑っているからかもしれません」

椋本正記はヘッドボーイの高見勝史に訴えていた。

「そんなことはない。きみは運が悪かっただけだよ。本当にきみを疑っていれば馘にするよ。少なくとも接客部門にはおかないね」

高見はなだめた。

「そうでしょうか」

「前にも似たような事件があってね。ボーイが女性客に乱暴を仕掛けたということで客の言い分が一方的に通ってボーイが馘になった」

「そんな事件があったのですか」

「一年ほど前だった。そのときも女が裸にバスタオルを巻いただけで出て来たそうだ。ボーイは女に挑発されたと言っていたが、あんたの場合はどうだったんだ」

「同じ様な格好をしてましたけど、挑発するようなことはありませんでした」

「お客はホテルの従業員を人間ではなく、サービス機械の一部のようにおもっているからそんな格好で平気で出て来られるんだ。あんたもこれから気をつけるといい」

「気をつけます」

「ボーイに乱暴されたという女性客も、男を待っていたのかもしれないな」

そのとき高見の視線がふと宙に固定した。固定した先で、閃《ひらめ》いた着想を探っている。

高見はフロントへ行くと、親しいフロント係長の北村《きたむら》に、

「昨年ルームボーイが女性客に乱暴を仕掛けて馘になった事件がありましたね。あのときの被害者の名前わかりませんか」

「古いレジスターを調べればわかるよ。業務日誌にも書いてあるはずだが、そんなことを調べてどうするんだ」

「ちょっと引っかかりがあるんです」

「きみのリクエストじゃ仕方がない」

北村は引き受けた。フロントとボーイは持ちつ持たれつである。特にボーイの支持がないとフロントの仕事はたちまち渋滞してしまう。ボーイの古株の高見は接客部門では強持《こわも》てしている。

三十分ほどして北村から連絡があった。

「わかったよ。昨年八月十一日宿泊、桜田百代、おいきみ、この女性は先日うちで殺された人じゃないか」

北村の声が驚いている。

「やっぱり」

「やっぱりってきみ知っていたのか」

「なんとなくそんな気がしたんです。住所と職業はどうなっていますか」

「住所は中央区銀座六の六の××番地、職業ＯＬとなっている」

桜田百代の最後のレジスターカードには虚偽の住所が記入されていた。時に応じておもいついた住所を書いているのだろう。

「アマポーラと同じ住所だ」

「いま何と言ったんだい」

「いえ、こちらのことです。どうも有難うございました」

北村に礼を言って高見は自分の予感が当たったのを悟った。桜田百代は、桂田千明の変名であろう。レジスターカードの記録を調べれば他にも同じ変名で宿泊しているかもしれない。もちろん他のホテルも利用しているであろう。

別の部署で発生した事件の客の名前などいちいち記録していないが、椋本が桜田にオーダーを届けたときと、ルームボーイが女性客に乱暴を働いたというときの状況が似ていることから着想したのである。

高見は畑中の許へ行った。

「畑中さん、この符合をどう考えますか」

高見は畑中の表情を探った。

「うちで殺された女性客が過去同じ変名で泊まっていても、べつにおかしくはないだろう」

畑中はまだあまり興味を引かれていないようである。

「桂田千明はだれかを待っていた気配があります。桜田百代なんていかにも偽名くさい。他にも別の偽名を使っていたかもしれない」

「コールガールなら相手によって名前を使い分けるかもしれないな」

「それなんです、ぼくが言いたいのは。女がホテルのダブルに変名で泊まっていた。絶対だれかを待っていたにちがいない。同じ変名を使ったということは、待っていた相手も同じ人物だったかもしれない」

「高見君！」

畑中は新たな視野を開かれたような気がした。

「同じ変名を二度使ったから相手も同じだろうというのは短絡かもしれません。でも可能性はあるとおもうのです」

「ある、ある、大いにあるよ。例えば複数の相手とつき合っているとする。相手同士にはたがいに知られたくないだろう。すると相手によって偽名を使い分けるということは十分に考えられる。まして別々に来てホテルで落ち合うとすれば、名前が頼りだ」

「畑中さんもそのように考えますか。警察では桂田千明が待っていた人間を疑っています。彼、多分男だとおもいますが、彼はルームサービスが届けられた後、部屋へ来て彼女を殺したのです。つまり犯人は何度もうちのホテルで彼女と逢《あ》っていた可能性がある」

「ルームボーイが乱暴を仕掛けたというときも、同じ相手、つまり犯人に逢ったかもしれないというんだね」

「そうです」

2

高見の示唆によって畑中の前に別の展望が開きかけていた。

「きみ、北村君に頼んで四月十一日に桂田千明いや桜田百代が泊まっていなかったか、調べてもらってくれないか」

「四月十一日がどうかしたのですか」

「結果がわかったらすべて話すよ」

「早速調べてもらいます」

高見は承知した。


「わかりました。四月十一日桜田百代は２６３４号室に泊まっております」

高見が調査結果を報告してきた。

「やっぱり泊まっていたか」

「どういうことなんですか」

高見が〝解説〟を求めた。

「大野風堂という政治家を知っているだろう」

「民友党の幹事長でしょう。時々ホテルで見かけますよ」

「その大野がきみのかつての愛人花守理香を犯したのだ」

「まさか」

「本当だよ。ホテルのトップマネージメントが秘匿してしまったんだ。こんなことがマスコミに漏れたら一大事だからね。きみも口外しないでくれよ」

「しませんよ、しかし驚いたなあ」

「大野が花守を犯した日が、桂田が泊まったという四月十一日なんだよ。それから二日後に花守はホテルの屋上から飛び下り自殺を遂げたことになっている。私は花守の自殺の原因に不審をもって大野風堂がからんでいることを知ったのだが、理香は大野の部屋へまちがえて来たそうだ」

ここで畑中は高見に理香と風堂の関係を打ち明けた。高見は驚いた表情を隠せない。

「きみから理香という女性が自殺をするような人間ではないことを聞いたが、理香の死因がなんであれ、死ぬ少し前に大野がからんでいることは確かだ。そこで理香がまちがえたということをよく考えてみたい。理香はなぜまちがえたのか。もしかすると彼女は別の部屋へ行くつもりだったのではなかったのか。また仮に理香が部屋をまちがえたとしても、大野までが女をまちがえたのはおかしい。そんな二重のミスが重なることなんてまずあり得ない。大野も女を待っていたのではないのか。そこへ理香が入って来た。大野ほどの地位のある男が女性を強姦することなど考えられない。年齢からしても強姦は無理だ。その場で二人の間に即席の合意が成ったのではないかと私はおもう」

「彼女が部屋をまちがえたとしたら、いったいだれの部屋へ行こうとしていたんでしょう」

「まさかホテルできみとデートの約束をしていたんじゃないだろうね」

「まさか、勤め先の客室で女と逢うほどぼくは図々《ずうずう》しくありません。四月十一日は日勤で夜はまじめに家に帰っていました」

「当夜理香を待っていた相手が気になるな」

「大野の後、その相手の所へ行ったんじゃありませんか。昔の遊郭でそういうのがあったんでしょう」

「まわしかね。いやとてもそんな状況じゃなかったようだよ。理香が犯されたと訴えてホテルの幹部と大野の側近が彼女をなだめるのに躍起となったようだ」

「でも即席の合意が成ったんじゃあないのですか」

「最初はね。なにかトラブルがあったとすれば事後だろう。一方同じ夜に桂田千明が泊まり合わせている」

この意味がわかるかと問うように、畑中は高見の顔を覗いた。

「桂田千明が大野の部屋へ行く予定になっていた本命の女だったのですか」

高見は臆測を口に出した。

「そう考えられないこともあるまい。大野は桂田を待っていた。そこへ理香が現われた。大野は桂田が急に都合が悪くなって代りの女をよこしたとおもったかもしれない。桂田千明が勤めていたアマポーラという店は私も一度行ったことがあるが、なんとなく胡散《うさん》臭《くさ》い店だった。コールガールの斡旋のようなこともやっているのかもしれない。きみの友人の露木ひろしが一時勤めていた店なんだ。彼が探し出せれば店の内情をもっと探り出せるかもしれないよ」

「露木がアマポーラにいたのですか」

「知らなかったのかね。きみを探し出したのも露木経由なんだ。桂田千明がこんな関わりをもつようになるとはおもわなかったので、彼女と露木の勤め先が一致していたことをあまり重視していなかったんだ。こうなると露木にいろいろ聞いてみたい」

「露木は生来風来坊でしてね、高校時代から寝袋もって北海道なんかへ行ってました。おそらく小田原の生家の方にもなんの便りもしていないでしょうが、一応問い合わせてみましょう。それから桂田千明はどうなったのでしょう。彼女が大野の本命の女だとしたら彼女は当夜アブレたことになります。訪ねて行った先の部屋に別の人間がいたり、あるいはいくら待っても大野が現われなかったら彼女は当然なんらかのアクションを起こしたとおもいますが」

「アクションを起こしたときは、すでにトラブルが発生してしまった後かもしれない。

二人の女が行く予定になっていた部屋が交互に入れ替った。ところがなんらかの手ちがいがあって彼女らにその連絡が間に合わなかった。そのために女も入れ替ってしまったのだ」

「なるほど。あり得るかもしれませんね。それで理香が部屋をまちがえた理由も納得できる」

「桂田千明が大野風堂の本命の女とすれば、彼も無色ではいられないな」

「警察は気がついているでしょうか」

「我々が気がついたくらいだから、探り出しているだろう。だが相手が大野では下手に手出しできない。なにせ警察官僚も動かせる大物だからね」

「大野が殺したんでしょうか」

「まさかとはおもうがね。彼ほどの超大物が殺人を犯すとは考えられない。青酸化合物を服《の》ませているところをみても計画的な犯行だ。危険が大きすぎるし、大野がその危険を冒すにしてはあまりにも多くのものを得ている」

「だからこそ保身のためということも考えられます。社長が調査中止を命じたのも大野がらみだからじゃありませんか」

「大野がらみは最初からわかっていたことだ」

「殺人にからんでいたことがわかったのでは」

「いずれにしても大野が相手では我々には手が出せない」

3

下田と棟居《むねすえ》は捜査会議に桂田千明と大野風堂の関係を提出した。大野の登場に会議は緊張した。

「ボーイの言葉だけでは弱いが、他にそれを補強する証拠はないのかね」

さすがに捜査本部長は相手が大野とあって慎重な言いまわしをした。

「残念ながらありません。当夜（桂田が殺された夜）ホテルの宿泊記録にも大野の名前はありません」

「たとえあったとしても、それだけで両者を結びつけるのは無理だな」

部長がだめを押すように言った。

「大野風堂に関しては、ホテルフェニックス社長誘拐、同ホテル脅迫事件（以下「ホテル社長誘拐脅迫事件」）捜査本部より興味ある未確認情報が報告されております」

捜査キャップの那須が発言した。一同の視線が集中したところで那須は言葉をつづけた。

「四月十一日ホテルのメードが同日宿泊していた大野の部屋を訪れてなにかトラブルがあった模様ですが、詳しいことはわかりません。それから二日後そのメードはホテル屋上から飛び下りて自殺を遂げております。捜査本部はメードの自殺原因が一連のホテル脅迫事件に関わりがあるか否か捜査した模様ですが、詳細ははっきりしません」

那須の口調には同捜査本部の曖昧な態度に対する不満があった。ホステス殺人事件もホテル脅迫事件との関連が濃厚であるにもかかわらず、情報交換においても消極的である。那須がこれまで会議に提出しなかったのも、政界の大物がらみの未確認情報であり、確認されるまで捜査主任《キャップ》レベルに留めておいてもらいたいという同本部からの特別な要請があったからである。

大野の部屋で何があったのか。大野本人に確かめればすぐわかることである。このあたりにも捜査本部の及び腰が感じられる。

「その件に関しては総監の方からも特に捜査に慎重を期すようにと特別な指示が下されている」

本部長がやや慌てた口調で言った。彼はホテル社長誘拐脅迫事件の捜査本部長も兼ねており、それらの情報をすべて知悉《ちしつ》しているはずである。那須の発言は彼に対する当てこすりもあった。

捜査に「慎重を期せ」とか「特別なる配慮を望む」という上層部の指示または要請は、要するに「その捜査は止めろ」という婉曲《えんきょく》な命令であり圧力である。

ここに上層部の大野風堂に対する姿勢が明らかにされた。桂田千明の〝関係人物〟として大野が浮上しても、彼は捜査本部の手の出せない〝聖域〟の中に保護されているのである。

4

「また政治家の〝雑音〟が入ったようですね」

会議の後下田が渋い顔をした。

「仕方がありません。警察の上層部は官僚であっても警察官ではありませんからね」

警察のピラミッドの主たる部分は巡査から精々警部までの下積み警察官によって構成されている。彼らが社会悪と戦い、社会の正義と治安を支えているのである。

だが上層部は異常なスピード昇進を約束された官僚であり、警察を踏み台にさらに政治家、公社、公団の幹部などへ上って行く特権階級である。彼らの「警察後」のコースを保証するのが政治家であり、政治家がらみの事件となるととたんに及び腰になってしまう。

棟居の言葉はこの辺の事情を言っている。一生を社会の不正の追及にすごす一般警察官と、〝余生〟を政治家に面倒みてもらわなければならない特権官僚とは初めからして人種が異なるのである。

下田と棟居はなお諦めずにホテル内の聞込みに当たった。そして桂田千明に関する一つの耳寄りな情報を得た。それは彼女が昨年八月ホテルに宿泊した際、ルームボーイから乱暴されたという情報である。これも両捜査本部の連絡が円滑にいっていればとうにわかっているはずである。

二人はそのボーイの行方を探して会いに行った。

「その事件でしたらもう全部話して、なにも追加することはありません」

竹居繁は明らかに迷惑げであった。すでにホテル社長誘拐脅迫事件捜査本部の捜査の触手が及んでいたのである。

「きみが乱暴を仕掛けたという女性客が殺されたことは知っているかね」

「ほ、本当ですか」

竹居は驚いてのけぞった。オーバーな反応は演技ではなく、本当に知らなかったらしい。

「我々はその捜査を担当している」

「ま、まさか、ぼくを疑っているんじゃないでしょうね」

驚きから醒《さ》めた竹居に別の不安が萌《きざ》した様子である。

「関係者にはすべて当たっているんだ。尋ねることに正直に答えてもらいたい」

「〝関係〟なんかなかったんですよ。ぼくは中止したんです。それで女が怒って、ホテルにねじ込んだんですよ。ぼくが一方的に悪者にされてしまいましたが、初めに誘ったのは女の方なんです」竹居は抗弁した。

「その〝関係〟を言ってるんじゃあない。ともあれなんらかの関わりをもっていた人物にはすべて当たっている。協力してくれたまえ」

「どんなことでしょうか」

「きみが女性の部屋に行ったときなんか気がついたことはなかったかね。例えば男がいたような気配とか、男物の衣類や荷物があったとか」

「男がいればそんなことはしませんよ」

竹居は間抜けな質問を嘲笑《あざわら》うような表情をした。

「しかし、彼女は二人部屋を取っていたそうじゃないか」

「男に待ちぼうけを食わされてその穴埋めにぼくを誘ったんです。ぼくが中途半端で止めたもんだから怒ったんです」

「相手の男についてなにか言わなかったかね」

「ぼくにですか。そんなこと言うはずないでしょう。ぼくには全然関係ないことですよ」

「女はどんな口実できみを呼んだのかね」

「お茶のセットをもってきてくれと言ったんです。お茶のセットはお客のリクエストに応じて届けることになっていましたので」

「それでどんな風にきみを誘ったんだね」

「また話さなければいけないんですか」

竹居はうんざりしているようである。

「きみも下手に隠し立てをして容疑をかけられるのはいやだろう」

「隠し立てなんかしませんよ。あの女初めからそのつもりだったんです。いきなり裸にバスタオル姿で出て来てぼくがセットをおいて帰ろうとすると退屈だから少し話し相手をしてくれと言うのです。いくらぼんくらでもそれだけ言われればわかります。ぼくも若いですからね、目の前でムチムチプリンを見せつけられてかーっとなったんです。女をベッドの上に押し倒したとき、運悪く電話が鳴りました。まちがい電話でした。でもその電話のおかげで理性が戻ってぼくはその気を失ってしまったのです。女は馬鹿にされたとおもったらしくて怒りだしたのです。

ぼくは一生懸命謝罪しました。でも女は許してくれませんでした。自分はおまえなんか一発で馘にできるホテルの大物を知っているんだなどと言ってました」

「ホテルの大物を知っている？　名前を言ったのかね」

「いいえ、お客はよくそういうことを言いますのではったりだとおもったのです」

「でも実際に馘になったんだろう」

「ホテルの客室で従業員が客に対して乱暴を働けば、大物に関係なく馘になります」

竹居からそれ以上の聞込みは得られなかった。

「いまの情報をどうおもいます？」

「聞き過ごせませんね。桂田が知っていたというホテルの大物がだれか知りたい」

「同感です。桂田がその夜待っていた相手は大野ではなく、ホテルの大物であったことも考えられる」

「アマポーラのボーイが知っているかもしれませんね」

「そうだ。ホテルの大物がアマポーラの顧客であったとしても不思議はない」

竹居の許からの帰途、下田と棟居は意見を交わした。


問い合わせに対してアマポーラのボーイ山本は、

「店の客には〝店内〟と〝店外〟があるのです。〝店外〟は言葉どおり、店には来ずに、外からママに女を注文してきます。店内と店外が重なっている場合もありますが、店外専門の客もいます。店外客はもちろんママと特殊のルートをもっている客ばかりでぼくなんかにはわかりません」

「ホテルフェニックスの幹部でアマポーラの店内客はいないかね」

「いないとおもいます。ぼくがあの店に来て約三年になりますが、少なくともぼくが知っているかぎりホテルフェニックスの人はいません」

山本は断言した。

方向指示の体証

1

殺人事件発生以来、ホテルに対する脅迫はピタリと止んでいた。それはホステス殺しが誘拐脅迫の延長線上で発生したことを暗示する状況でもある。

また巷間《こうかん》ではホテルが脅迫犯人と取引をしたという噂が流れていた。ともあれ殺人事件をもってホテル脅迫事件は一休止の観があった。

畑中は社長の中止命令にもかかわらず密かに調査をつづけていた。彼は花守理香と桂田千明が交互に男の部屋をまちがえたのではないかという自分の着想にこだわっていた。ホテルでのデートは、男が女の部屋へ来る場合と、その逆のケースがあるのであろう。当夜、桂田千明が部屋を取っていたのは、カモフラージュのためで、いったんチェックインした後、男（大野）の部屋へ行く予定であったのかもしれない。

すると、理香が本来行くべきはずであった部屋の主はだれか。畑中はそれを知りたかった。

「部屋番号《ルームナンバー》というものは到着前にわかっているものなのかね」

畑中は高見に聞いた。

「ふつうは到着時《チエックイン》にフロントが部屋割《アサイン》をしてナンバーが決められます。でも例外はありますよ」

「どんな例外かね」

「まずＶＩＰ、それから顧客の場合は前もってルームナンバーを決定して知らせておくことがあります。また特殊な部屋、ホテルに一つかいくつもない超デラックスなスイートなども事前に決定します」

「それだけかね」

「特殊な用途に使うときも事前に流しますね。パーティや結婚式の待合室とか記者会見、対談、会議、撮影などの場合です」

「大野が泊まるときも、事前にナンバーを決定するんだろう」

「素姓を明らかにして泊まるときはもちろんそうするでしょうね。超ＶＩＰですから」

「匿名のときはどうだろう」

「匿名でもフロントに身分を知らせれば事前に決めます。しかしフロントも知らない完全匿名であれば、一般のケースと同様に扱われるでしょう」

「四月十一日大野は小此木青波《おこのぎせいは》という偽名で泊まっている。使用室は三万八千円の続き部屋《コネクティングルーム》だ」

「そのクラスの部屋なら完全匿名でも事前にルームナンバーを決定します。続き部屋《コネクティングルーム》は数が少ないですから、客のリクエストに応じて事前にナンバーを決めてもトラブルが発生する確率は低いのです」

「四月十一日大野の部屋がいったん決定した後、なにかの事情で変更になったというようなことはないかな」

「到着前に処理されていれば、ちょっとわからないでしょうね。到着後の部屋変更《ルームチエンジ》であればレジスターや会計のビルに記録が残りますが」

「最も考えられるのは部屋の交換だ。大野がだれかと部屋を交換した記録が残っていればいいんだが」

「ぼくにもだんだん見えてきましたよ。つまり理香と千明がそれぞれの相手《パートナー》の部屋へ行く直前に部屋が交換された。突然の交換だったので二人の女に連絡する暇がなかったということでしょう」

「そうだ。あるいは暇があっても手ちがいで女たちにメッセージが伝わらなかったのかもしれない。ところで部屋を交換する理由にどんな場合があるかね」

「交換というからには双方の合意がなければなりません。位置とかサイズが気に入らないという場合がありますね。高所恐怖症の人は低層階へ移りたがります」

「双方の合意か、なるほど。すると大野と合意をするような人物が当夜泊まり合わせていたことになるな」

「部屋だけでなく、女も交換する合意があったとしたらどうですか」

「チェンジングパートナーね。女の同意を得ずに男だけで合意することがあるかな」

「どうせコールガールと尻軽娘です。事後承諾でいいと高をくっていたんじゃありませんか」

「きみの以前の恋人をそんな風に言っていいのかね」

「理香はコールガールとあまり変わりありませんでしたよ」

「ともかく大野の部屋はなんらかの事情で変更されているはずだ。変更前のルームナンバーと変更の事情を知りたい。なんとか探り出せないか」

「記録が残っていれば問題ありませんが、ないとなると担当者を探して聞く以外にありません。ともかくやってみましょう」

2

畑中は着実に一歩ずつ迫っている感触をもった。花守理香の本命の男がなにかを握っている。彼が理香の〝自殺〟の鍵を握っているのだ。それが誘拐脅迫事件に関わっているかどうかいまの段階ではわからない。だが一つの可能性であることは確かである。警察が理香の線を追及しないことも畑中の興味をかき立てている。理香の背後になにか途方もないものが潜んでいそうな気配である。それを明るみの中に引きずり出してやりたかった。

畑中は自分の心情が不思議であった。自分の〝余生〟にこんな情熱が潜んでいようとはおもわなかった。

花守理香も、桂田千明も、畑中の死んだ息子と同じ年輩であった。その若さで人生の地獄を覗き、あたら花の盛りを無惨に散らしてしまった。二人の死にざまが哀れであった。そうなる前になんとかならなかったのか。この世に愛せる人間が一人でもいれば、そうはならなかったであろう。

彼女らの死因を探ったところでその生命が戻るわけではない。彼女らにしてみればむしろそっとしておいてもらいたいかもしれない。

畑中の自己満足にすぎない。そのために社長命令に背いての調査にのめっているのである。

家の近くに来たとき、背後からの足音が距離をつめて来た。夜が更けて周囲の家並みの灯もあらかた消えている。複数の足音が駅からずっと背後をつけて来たのに気づいていたが、気にもしていなかった。急に歩速を速めた足音に畑中が振り返ると、そこに数名の人影がたたずんでいた。

「畑中さんだね」

影の一個が声をかけて、畑中がうなずくと同時にいきなり顔面にパンチを食わせた。

あとは袋叩きである。一対一でも敵《かな》いそうもない屈強な男たちが無抵抗の畑中に対して束になって殴る蹴るの暴行を加えた。

畑中が地上に動かなくなると、リーダー格の声が、

「よしその辺でいいだろう。畑中さんよ、これから余計なお節介はしないほうがいいよ、今度はこの程度じゃすまないかもしれないよ」

と捨てぜりふを残して素早く闇の中に立ち去っていった。足音が完全に立ち去ってから畑中はようやく起き上がった。かなり殴られていたが、どこも骨は折れていないようである。

暴行の最中は殺されるかとおもったが、手加減を加えていたらしい。捨てぜりふも彼を脅かすのが目的であったのがわかる。這うようにして家の中に転がり込み、鏡を見るとひどい顔になっていた。とりあえず微温湯《ぬるまゆ》で汚れを拭い落とした。だが歯も折れていないし、目や唇も切れていなかった。

鏡の中の自分とにらみ合いながら畑中は自分の動きが敵に脅威をあたえているのを悟った。

敵は畑中にこれ以上迫られたくないのである。畑中は鏡の中のもう一人の自分に敵の正体を問うた。

(まず考えられるのは社長だ。社長は中止命令を無視して動いているおまえに怒った)

(誘拐脅迫犯人ということは考えられないか)

(誘拐脅迫犯人がホテル部内者でないかぎりこちらの動きを知りようがあるまい)

(大野風堂では)

(大野もホテル関係者と通じていなければこちらの動きを知らないはずだが、誘拐脅迫犯人よりはホテル関係者と連なっている可能性が大きい)

(社長ならばこんな回りくどい手を用いずに自分を馘にすればすむはずだ)

(もう一人花守理香の本命の男がいる。彼女の背後に潜んでいる男がこちらの動きに脅威を覚えたのかもしれない)

(その男はだれだ)

(ホテルでの当方の動きを察知できる人物だ)

(するとホテルの部内者か)

(理香は高見にホテルのお偉方の弱みを握っていると言ったそうだ)

(そのお偉方がヤクザを雇って)

(ヤクザほどではなくても暴行を加える程度なら便利屋でも引き受けるだろう)

鏡像と自問自答を重ねている間に、思惑が凝縮してきた。敵はいくつかの誤算を犯した。まず畑中がこの程度の脅迫に怯《おび》えて挫《くじ》けるとおもったことである。だが逆効果になってしまった。最大の誤算は畑中の追及が敵に向かって一直線に迫っている事実をおしえてしまったことである。

3

夜中から熱が出て、顔が腫れてきた。この顔では人前にさらせないので欠勤して冷やしつづけた。全身あちこちに打撲傷をうけており、身動きもままならなかった。

欠勤二日目に高見が見舞いに来た。

「いったいどうしたんですか、ひどい顔ですよ」

高見は仰天した。畑中が正体不明の暴漢に襲われた顚末《てんまつ》を話して、

「きみも注意したまえ。おそらく我々の動きは敵の目に触れているだろうからね」

「本当に理香のバックの男の仕業でしょうか」

半信半疑の体であった。

「その線が最も公算大だな」

「ぼくも狙われるでしょうか」

高見は不安を面《おもて》に表わした。

「私を脅しておけばきみを牽制《けんせい》できるとおもったのだろう。当分おとなしくしていたほうがいいよ」

「どうしてぼくらの動きがわかったんでしょうね」

「そりゃあわかるだろう。フロントにいろいろと調べてもらっているんだから」

「北村さんが敵に内通しているのでしょうか」

「頼んだのは北村君だけかね」

「ルームチェンジの記録がないので担当者を探して訊いてまわりました」

「それじゃあ北村君が内通しているとは決められない。きみだってその気になればできる」

「ぼくが⁉」

「そうさ。きみがぼくの動きをよくつかんでいるからな」

「やんなっちゃうなあ。まだ信じてもらえないんですか」

「きみを信じる以外にないな」

「信じてもらう証拠に一ついい知らせがあります」

「なにかわかったのか」

「ホテルの記録じゃありません。露木の居所がわかったんです」

「露木の……いまどこにいるんだね」

「新宿のデートクラブで働いています。先方から偶然電話をかけてきたんです」

「露木に会えば、桂田千明の男関係がわかるかもしれないな。彼女がホテルに来たのは大野に会うためとはかぎらないのだ。あくまでも我々の臆測にすぎない。すぐ彼に会えるよう手配してくれ」

「その身体じゃ無理ですよ」

「もう大丈夫だ」

身じろぎをしたはずみに畑中はおもわず顔をしかめた。

「そらごらんなさい。それに敵が見張っているかもしれない。当分おとなしくしていろと言ったのは畑中さんですよ」

「そうだったね」

「大丈夫です。露木の住所も聞いておきましたから当分逃げやしませんよ」

4

高見に諭されて、当面体の回復に努めることにした。顔面の腫れはひいたが、打撲傷の痛みは長く残った。若いころとちがって回復がはかばかしくない。畑中はこの期間を利用してこれまでの調査結果を整理した。

まず六月十七日社長が誘拐された。三日後社長は帰ってきたが、それ以後ホテルに対する脅迫が始まる。警察はホテルに対して怨みを含む者の仕業とみてここ数年の退職者に的を絞って捜査したが、目星い者は浮かび上がらない。

これに先立つ四月十一日大野風堂が誤って入室して来た花守理香を犯し、理香が二日後に自殺をした事実がわかって、これが脅迫事件の動機と考えられた。

一方同じ日に桂田千明が桜田百代の変名で宿泊していた。七月二十五日彼女は同じ変名を使って宿泊中殺害され、脅迫犯人の連続犯行と考えられた。

ここで理香が部屋をまちがえたところから桂田が当夜大野の本命の女ではなかったかという推測が生じた。さらに桂田が殺害された当日に同じ変名を用いていたところから、同日にも大野が来ていなかったかという推測が重ねられる。この推測はまだ確認されていない。

理香が部屋をまちがえたことから理香の本命の男の存在が問題になってきた。

ここで部屋の変更事情として部屋の交換が考えられる。——ここまでおもわくを追ってきた畑中はどうもしっくりしないものを感じた。何がしっくりしないのか。彼はおもわくを凝視した。社長の誘拐、ホテル脅迫とコールガール殺人事件および花守理香の自殺事件がどうも結びつかないのである。

どこが結びつかないのか。誘拐脅迫事件はホテルとその社長を対象にしたものである。コールガール殺しは特定の女性をターゲットにしている。たしかに一見、誘拐脅迫事件の延長線上で発生したようであり、その後ホテルに対する脅迫は止んでいる。だが誘拐脅迫事件が花守理香の死に発しているることであるとするならば大野風堂はどういうことになるのか。

その死を怨んでの犯行となれば、むしろ大野を的とすべきではないのか。犯人が理香の死に大野がからんでいる事実を知らないとしても、不明の死因を直ちにホテルのせいにしてホテルに執拗な復讐を加えたとするのも短絡である。

高見の説によれば理香は自殺ではなく殺されたという。すると犯人はだれか。また動機は何か。

そして理香他殺説を採った場合、ますます誘拐脅迫事件の延長線上に（復讐としての）桂田千明殺しの座りが悪くなるのである。

つまり誘拐脅迫事件と、理香の不明死および、桂田殺しは水と油のように馴染《なじ》まないのである。むしろこれを切り離したほうがすっきりする。それぞれまったくの別件としてみた場合、理香の死と桂田殺しの方が接近し合っている。理香が他殺であれば手口は異なるが、ホテルの内部事情に詳しい者の犯行であろう。

また桂田殺しはルームサービスのコーヒーに毒物を混入した点をみても、誘拐脅迫事件の延長のように見せかけようとする意図が見て取れる。見せかけたということは、実相は逆であることを示す。

花守理香と桂田千明の間になにか関連はないか。一触の着想が畑中を捕えた。一瞬ではあったがまったく別の地平の展望を覗いたようにおもった。束の間であったので網膜の残像も薄い。だがその輪郭の衝撃は強い。

これまで理香と桂田の関係は、原因と結果であった。理香の死を原因として誘拐脅迫がつづき、その果てに桂田の殺害がおかれた。証明されないまでもそれが畑中が描いた事件全体の構図であった。

だが理香と桂田を直接に結びつけたならどうか。二人の死は連続しており、共通の犯人によって作為されたものであったとしたら。つまり原因と結果ではなく共通の原因から発した並立する結果として見るのである。

理香を殺された復讐（無差別の）として桂田の死があるのではなく、同一の犯人による連続殺人事件としてみた場合、それまで畑中の心の中で軋《きし》りをあげていた違和感が消えた。理香の背後に潜める男は桂田の背後にも隠れられる。

犯人はホテルに対する一連の脅迫を利用したのだ。まだネックはいくつか残っている。利用された脅迫犯人が黙っている点、また理香の死は社長誘拐前に発生している点などである。

同一犯人として大野風堂には無理がある。まず理香を殺せば、彼が疑惑をまねくのを免れない。桂田に対しては動機がない。要するに金で購《あがな》った「安全な娼婦《しょうふ》」である。そのような一切のトラブルを避けるために桂田のような女がおり、アマポーラの如き要人用女性斡旋機関の存在価値があるのである。

大野風堂はホテルの部外者である。ホテルの内部事情に通じた者という条件からもはずれる。

大野風堂は〝関係人物〟として無色ではありえないが、彼を犯人として擬するには、諸般の状況からして無理なのである。

ここに社長犬飼徳義の中止命令が符節を合わせてくる。徳義は〝社敵〟の調査を畑中に命じたものの、その脅迫を利用した連続殺人の構造と犯人の正体に気づいた。一件は要人を利用して自殺を偽装し、他の一件は誘拐脅迫の延長とみせかける巧妙極まりない構造である。しかもその犯人は部内者である。その人物こそ理香が「弱みをギュッと握っている」と言っていたホテル幹部の一人であろう。

ここに至って徳義は愕然とした。社敵を探すつもりが、それを隠《かく》れ蓑《みの》にした「獅子身《しし》中《ちゅう》の虫」〝社賊〟を突き止めてしまった。こんなことが表沙汰にされたらもはや救いようがない。

そこで畑中に慌てて中止命令を発したというところであろう。

畑中の心の芯に沸々と煮えてくるものがあった。それは怒りと情熱が攪拌《かくはん》されたものである。全社労使一体となって社敵に当たらなければならない、社創立以来未曽有の難局を隠れ蓑にして巧妙なる完全犯罪を企図実行した社賊がいる。

畑中は許せないと思った。この社難とも言うべき時期に、高見のような下積み社員から畑中の如き余生を預けただけの下足社員に至るまで犯人に対する敵愾心に燃え立ち、なんとか危機を潜り抜けるために一丸となって闘っている上に、完全犯罪を築いたのである。

会社幹部の不正とはおおむねその地位を利用し財産上不法の利益をかすめ取る背任横領が多い。だがこの犯人は、畑中の推測が正しければ社難とも言うべき会社の重大な危機を利用して自己の犯罪を実行、犯行を韜晦《とうかい》した。

犯行はまだ証明確認されたわけではないが、畑中は明確な個人的心証、いや〝体証〟を自らの身体に刻んでいる。犯人にとって畑中の動きは脅威なのである。だからこそ彼を挫こうとして襲って来た。これこそ彼の推測と調査が正しい方角を指している〝体証〟ではないか。

〝盗まれた客室〟

1

四日後ようやく身動きできるようになった。顔の腫れもほとんど退いた。畑中は高見に伴われて露木に会いに行った。午後三時から勤務なので二時に会いたいという先方の意向に合わせて約束の時間に指定された歌舞伎町《かぶきちょう》の喫茶店へ赴いた。

露木はすでに来て待っていた。痩せた皮膚の色の青白い夜の世界の住人を想像していたが、真っ黒に日焼けした筋骨型の万能スポーツ青年といったタイプである。

「やあ」と高見に白い歯を見せて笑った表情は健康そのもので、バーやデート喫茶を転々としている風来坊には見えない。

「久しぶりだな。ハワイでも行って来たのか」

高見が露木の日焼けぶりに羨望の目を向けた。

「そんな身分になりたいよ。なかなか太陽の顔を拝めない商売だからね、美容院で紫外線を浴びているんだ」

「なんだ、人工日焼けか。どうりで平均して焼けているとおもった」

高見は半分失望、半分安心した表情をして、

「あ、こちらは畑中さん、おれがホテルで大変おせわになっている人なんだ。きみに訊きたいことがあるそうだ」

と手短かに紹介した。

「初めまして」

露木は気さくに頭を下げて、

「訊きたいことって何ですか」

と尋ねた。畑中はホテルで発生した殺人事件のアウトラインを語り、アマポーラに勤めていたころ、桂田千明についてなにか知っていることはないかと訊いた。

「知っていることと言われましてもねえ、ホステスとあまり口をきく機会もありませんでしたからね」

「同じ店に勤めていてホステスと口もきかないのか」

高見が口をはさんだ。

「ああいう店では女が主役なのさ。男は脇役ですらない。まあいないのと同じ黒衣《くろこ》だな」

「へえ、そんなもんかね。おれなんかから見ると女護《にょご》が島《しま》で働いているようで、女は選《よ》り取り見取り羨しいとおもうがね」

「とんでもない。女は商品だよ。私的交際は店の固いご法度になっている。入店の際誓約書を取られていて、それに違反すると一件五十万円の罰金を取られる。店が看板の後一緒に酒を飲んでもいけないんだ」

「意外に厳しいんだな」

「一般の会社で社物を横流ししたり横領したりするのに該《あた》る。おっかなくて気軽に声もかけられねえよ」

「しかし、同じ場所で働いているのだからどんなお客と親しかったかなどということはわかりませんか」

「あの店はわけありの店で、おおむね特別交際が主体でしたからね。特別交際ってわかるでしょう。売春ですよ。その中でも桂田千明は売れっ子でしたよ。〝店外〟が多かったなあ」

「店外って何ですか」

「店にはあまり出勤しないで、ママや店長の指示によって専ら外で客を接待するのです。店外の女の子がトップホステスで一晩三十万円以上の粒よりを揃えています。店内は屑《くず》か、寝ない女の子ばかりです」

「店外の客というのはどんな客ですか」

「信頼できるお客の紹介があり、ママや店長の審査をパスした人です。社会的地位のある人ばかりですよ」

「その中に大野風堂はいましたか」

「店を辞めた後も店で知った秘密は守るという誓約をさせられているのですが、口留め料をもらっているわけじゃないからいいでしょう。大野風堂はいましたよ。他にも著名な政治家が何人かいました」

「ホテルフェニックスの重役は客の中にいなかったですか」

畑中は核心に斬り込んだ。

「ホテルフェニックスねえ」

露木は記憶を探る表情をしていたが、

「店外の客はママや店長だけがつかんでいますのでね。店内でも有名人やタレントでもないかぎりボーイは客の素姓を知りません」

ここまで追ってきたが、露木も知らないとなるともはや手がかりはない。桂田千明と花守理香の接点にホテルの幹部をおいてみたのだが、どうやらおもいつきだけに終ったようである。徒労感が墨のように全身に広がってきた。

「ちょっと待ってくださいよ」

露木がなにかをおもいだした表情をした。

「店にいたころ外線電話をママに取り次いだことがあるんですがね。その電話の直後、店に居合わせた桂田千明がママに耳打ちされてそそくさと出て行きましたから、あれは店外の客のオーダーにちがいありません」

「それがなぜホテルフェニックスに関係あるのですか」

「電話に館内放送が入ったのです。紀尾井谷の××さん至急内線×番に連絡してくださいと放送していました。以前何度か高見に電話をかけて同じ館内放送が流れていたので憶えていたのです」

畑中と高見は顔を見合わせた。それはホテルの社員呼出しのためのコールサインであった。その店外の客はホテルフェニックスの館内から電話をしてきたのにちがいない。

「その店外の客は何と名乗っていましたか」

畑中はおもわず半身を乗り出した。

「たしか古沢と言っていたような気がします」

「古沢!」

「古沢管理部長だ」

畑中と高見が同時に言った。

「ホテルの幹部に古沢がいるのですか」

露木が聞いた。
「一族の一人です。取締役です」
副社長と専務の熾烈な派閥抗争の狭間《はざま》にあって重役の間では少し影の薄い存在である
が、先代の長女と結婚して一族に連なっている。順位からいえば妾腹《しょうふく》の北裏や、次女
の婿の矢切よりも上席にあっていいはずであるが、北裏のアクの強いキャラクターや、
父親の七光りを背負った矢切に比べて、一般社員から長女に見初められて一族に連なっ
た古沢の存在感はどうしても薄くならざるを得ない。
だがれっきとした一族である。もし彼が桂田や理香の死に関わっているとすれば、徳
義としてはなんとしても秘匿しようとするであろう。暗中模索の指先に初めて具体的な
手応えがあったのである。心の芯の方から興奮が盛り上がってきている。
「おれそろそろ店に出ないとまずいんだ」
露木が時計を気にしだした。
「有難う、おかげでたすかったよ。時々連絡してくれ」
高見が礼を言った。
「女の子にアブレたら連絡してくれ。ピチピチギャルが大勢いるよ」
露木が言った。
「商品なんだろう」

「一時間三万円でなんでもさせる。あんただったら店長に頼んで安くしてやるよ。こんな子が、とびっくりするようなのがいるぞ」

「そのときは頼むよ」

「一応名刺を渡しておくよ」

露木はにわかに商売気を出した。

2

露木と別れてから畑中と高見はいまの情報を検討した。

「さてどうやって古沢を攻略するかだな」

「古沢部長と対決するのですか」

「いまの段階では手持の資料が弱い。ホテルの館内からふるさわという人物が電話をかけてきただけにすぎない。古沢ちがいかもしれないし、別の字を用いるふるさわかもしれない」

「どうやって攻めるつもりですか」

「花守理香との関係を証明したいな。古沢が犯人なら理香と桂田の両名と関係があるはずだよ。四月十一日理香がまちがえて大野の部屋へ行ったが、本来古沢の許へ行く予定だったのだろう。当夜の古沢の行動を調べ出せるといいんだが」

「それなら手はありますよ」

高見が表情を輝かせた。

「どんな手だね」

「幹部がホテルに宿泊する場合、社用室《ハウスユース》として各部署に連絡がくるのです。その記録が残っています」

「そいつは有難い。古沢は当夜泊まっているはずだ。泊まっていなければならない」

「早速調べてみます」

「上の方にわからないように頼むよ。敵も我々をマークしているはずだ。今度は殴られるくらいではすまないかもしれない」

「大丈夫です。ぼくも命が惜しいですからね」

翌日高見が連絡してきた。

「わかりましたよ。四月十一日、古沢部長は確かに泊まっています。本館1545号室です」

高見の声が興奮していた。

「やっぱり泊まっていたか」

「それだけじゃありません。最初1445に部屋割《アサイン》されていたのが1545に変更しているのです」

「変更したのか、なぜだね」

「それより変更前の部屋番号1445はただの部屋ではありません」

「ただの部屋ではないというと？」

「当夜小此木青波、つまり大野風堂が泊まった部屋です」

「なんだって⁉」

畑中は思わず声の抑制をはずした。

「驚かれたでしょう。大野風堂はいったん1545にアサインされました。大野の部屋はいつも低層階の続き部屋《コネクティングルーム》で棟末の非常口の近くという条件です。ところが当夜その条件は充《み》たしたのですが、大野の隣室で、ある雑誌主催の対談が開かれていました。大野の秘書がそれを嫌って急遽同種の部屋への変更を希望したのですが、生憎同種の部屋が古沢部長にアサインした1445しかなかったのです。他の客を動かせないので身内の古沢部長に事情を話して交換してもらったということです。畑中さんが想像したとおりのことが起きていたのですね」

「そこで理香が誤って大野の部屋へ行ってしまったわけだな。それにしても自分の勤め先の部屋へ女を呼ぶとはいい度胸だ」

「理香は1445のある四階の担当です。ルームメードが客室へ行ってもなんら怪しまれることはありませんよ」

「それにしても勤め先に社用で泊まっているんだよ」

「だれでもまさかと思いますよ。ポーの『盗まれた手紙』のホテル版じゃありませんか。それに勤め先ならもう一つ大きなメリットがあります」

「何だねそれは」

「アリバイですよ。結婚したことがないのでよくわかりませんが、浮気で一番苦労するのはアリバイ工作じゃありませんか。女房持ちが外泊するのは大変難しいと聞いています。ところがホテルの幹部が社用で泊まるんだったら大威張りです。奥さんもまったく疑わないでしょう。ハウスユースの部屋へ女を引っ張り込んでいるなんてだれもおもわない。部屋は二つの続き部屋《コネクティングルーム》だから万一危なくなれば、隣りの部屋へ逃がせばいい。心理の盲点に加えて二重三重にガードが固めてあるのです」

「なるほどさすがはホテルのベテランだな。そこまでは気がつかなかったよ。しかしそれほどのベテランがなぜ理香に連絡できなかったんだろう」

「間に合わなかったことと、敢えて訂正連絡をしなくとも部屋へ行って別人が入っていればルームチェンジしたなと悟って、正しい部屋番号を調べてやって来るとおもったんでしょう。まちがえたまま、大野と関係するか、あるいは犯されるとは予想の外だったとおもうのです。だれもそんなこと予想できないでしょうね。それが誤算でした」

「桂田千明は理香と入れ替えに古沢の部屋へ行ったとおもうかね」

「さあその辺はどうなっていたんでしょう。桂田までがまちがえたまま古沢の部屋におさまるとは考えられないけど」

「古沢と桂田はすでに馴染みだった形跡があるよ」

「それにしても、古沢はいつ理香がやって来るかわからない状況だし、桂田も大野に呼ばれているのですからね」

「桂田は、自分の部屋で大野の連絡がくるのを待っていたんだよ。そのために部屋を取っていたんだ。状況によっては大野が桂田の部屋に来るつもりだったかもしれない。VIPのデートだからそのくらいの気は遣ったろう。隣りに雑誌社が来て部屋を変えるくらいだからね」

「古沢に肉薄してきたわけですが、社長誘拐と一連の脅迫も彼の仕業でしょうか」

「それは別件だと思うな。古沢は利用したんだよ」

畑中は自分の推理を話した。

「たしかにそう考えたほうがより辻褄《つじつま》が合いますね。しかし別件ならなぜ誘拐脅迫犯人は、桂田殺しは自分のしたことではないと言わないんでしょうね」

高見は畑中の推測のネックを突いた。

「犯人にとって都合がいいからだろう。自ら労せずしてホテルに止めを刺した形になった。絶対に捕まらない自信があるなら、自分の仕業ではないと敢えて宣言する必要もないとおもうよ」

「理香はどうなりますか。彼女が死んだのは誘拐脅迫の発生する前ですが」

「その時点では、他人の犯行、つまりホテルの敵の行為を利用しようという意識はなかったのだろう」

「ところでこれからどうしますか」

「まず社長に話してみよう」

「危険じゃないでしょうか」

「どうして」

「この間襲って来たのは社長の手先かもしれませんよ」

「社長じゃないね。邪魔なら馘にしたほうが手っ取り早い」

口留めポスト

1

ホテルフェニックスに対して、アマポーラを利用している幹部がいないか問い合わせたが、答えはノーであった。その答えはあらかじめ予期していたものであった。デートクラブのメンバーであることを公けにしている者はあるまい。秘密会員は店のママと本人だけが知っているとアマポーラのボーイも言っていた。だが無駄を承知で打つ捜査網に意外な副産物が引っかかることがある。

下田と棟居《むねすえ》は再度アマポーラに出かけて行った。ホテルフェニックスからのルートがないとなればアマポーラから手繰る以外にないのである。彼らは再度山本を呼び出した。

「刑事さん、もういいかげんにかんべんしてくださいよ。私は馘になりたくないんです。精一杯の協力をしましたよ。これ以上なんにもしゃべることはありません」

山本は半泣きの声を出した。

「きみの婚約者が殺されたんだよ。いくら協力してもしすぎることはあるまい。桂田千明はホテルフェニックスの幹部とつき合っていた状況がある。その幹部を知りたい」

「ぼくは知らないと申し上げたはずです」

「きみが忘れていることがあるかもしれない、どんな些細なことでもいい。よくおもいだしてもらいたい」

「おもいだせと言われても」

山本は困惑していた。

「桂田千明がなにかホテルフェニックスの幹部を仄《ほのめか》すようなことを言わなかったかね」

「おもいだせません。桂田千明が言ったことじゃありませんが、ホテルフェニックスの人が以前うちで働いていたボーイを訪ねて来たことがありますよ」

「それはどういう人物かね、いつのことだね」

山本がなにげなく言った言葉に捜査官が食いついてきた。

「畑中という人でした。店長に名刺をおいていきましたよ。七月初めごろだったかなあ」

「畑中ねえ、それできみの店のだれを訪ねて来たんだね」

「露木というボーイでした。うちには半年ぐらいしかいませんでした」

「どんな用件だったのかね」

「ただ露木に会いたいと言ってきたのです。そうそうあなもりとかいう女の名前について心当たりはないかと言ってたな」

「なんだって！」

「花守だと」

二人の刑事が同時に大きな声を発したので山本がびくりとした。

「きみそれは本当か」

棟居が念を押すと、

「確かですよ。変な名前だったので憶えています」

「なぜそのことをもっと早く言ってくれなかったんだね」

「刑事さんは客についてばかり尋ねていたじゃないですか。その人は客として来たのではないので関係ないとおもったのです」

「こちらの質問が抜けていたのだ。それで店の中で花守理香を知っている人がいたのかね」

「だれもいません。だれですかそのはなもりという人は」

「ちょっと捜査に関わりのある人物なんだ」

棟居は山本の反問を軽くいなして、

「それで畑中はそのまま帰ったのかね」

「露木の高校の同窓がホテルフェニックスにいるという話をしてやると大変喜んで帰りましたよ」

「露木の同窓がフェニックスにいるのか」

「露木がそんなことを言ってたんです」

「高校と同窓の名前はわかっているのか」

「そこまで聞きません。興味ありませんからね」

意外な情報が得られた。なぜホテルフェニックスの畑中なる人物が露木という元ボーイを訪ねて来たのかわからないが、彼が「花守理香」の名前を挙げたことは無視できない。それだけで彼を無色の位置におけないのである。

意外な所から捜査網に転がり込んで来た〝副産物〟である。これが獲物かどうかはこれからの捜査にまたなければならない。

2

社長誘拐、ホテル脅迫事件捜査本部も昼寝をしていたわけではなかった。

ホテル退職者の線を追って、目星い者をすべて漂白した捜査本部は、もう一方の線として社長が突き落とされた「穴」の底から採取した、被害者の目隠しと猿轡《さるぐつわ》に用いた二筋の手拭いおよび身体拘束用のロープの出所を追いつづけていた。

まずロープは合成繊維であり、ポリプロピレン原糸六ミリの三つ打ち（子なわ三本で撚《よ》られた）であることがわかった。

用途としては家事梱包《こんぽう》用一般ロープとみられた。目黒区、渋谷区を中心とした都内の金物店、雑貨屋、スーパーなど広範囲な聞込みの網を広げると共に主だったロープ製造業者や卸問屋、販売店、また通産省繊維製品検査所、日本化学繊維検査協会などの関係各機関に照会してメーカーおよび販売元の割出しに努めた。

だが問題のロープは用途が広く、大量に出まわっているためにその割出しは困難とされた。

一方、手拭いは木綿地に「老松《おいまつ》家具」目黒区碑文谷《ひもんや》五丁目の文字と電話番号が印刷されてあった。老松家具に問い合わせると、この手拭いは同店が「中元謝恩セール用に最上の手拭地とされる松阪《まつさか》もめんを用いて三千筋つくり、セール期間中同店を訪れた客および顧客に配った」ということである。三千筋の中の二筋でも、ロープよりは数が絞られている。

捜査本部は、同店の手拭いが二筋あったところに目を着けた。同店では来店客には原則として一人一筋、顧客には二筋から五筋くらいやったということである。昨今タオルに押されて手拭いが少なくなっており、染め方に意匠を凝らした日本手拭い独特の肌ざわりが人気を呼んで評判がよかったという。

同店は総合家具販売店で、応接セット、リビングセット、ユニット家具から、テーブル、椅子、ベッド、調理台、本棚、食器棚、各種箪笥《たんす》、鏡台、ファイルキャビネット、ロッカー、カーテン、傘立てに至るまで広く取り扱っている。

家具という耐久性のある商品の性質上、固定客が多い。一度買った客は顧客リストに載せられフォローされる。

捜査本部は同店よりこのリストを得て各個別に当たっていった。

3

畑中の話を聞き終った徳義は、長い息を吐いて考え込んだ。重苦しい沈黙が屯《たむろ》した。人ばらいされた社長室は深海の底のように静かである。長い時間が経過したように感じられたが、一、二分であろう。

「それできみはどうするつもりなのかね」

ようやく徳義が口を開いた。畑中の表情を測っているようである。

「どうすべきかまだ決めかねております。とにかく社長のお耳に入れておこうとおもいまして」

「すべてきみの推測で証拠はまったくない」

徳義は凝《じ》っと畑中の目を見た。

「そのとおりです。古沢部長の犯行であることを証明する決め手はありません。いわゆる間接証拠ばかりです」

「それなのにどうして私の耳に入れたのかね」

「間接証拠も積み重なってくると、重くなります」

「どこが重いのかね。大野風堂と部屋を交換した。花守理香がホテルの幹部の弱みを握っていると言った。デートクラブのボーイが古沢と名乗った人間の電話を取り次いだ。そんなものは間接の証拠にもならん。いくつ積み重なろうと重さなどない」

「私はそうはおもいません。私は何者かに襲われたのです。犯人にとって私の動きは都合が悪いのです。花守理香が死んだ後、ホテルの人間が彼女の自殺の原因を知りたいと言って遺品を預かったそうです。そのホテルの人間はだれか、調べたらさらに重みが増すのではないでしょうか」

「弔慰金を支払う関係で、自殺の原因を調べるのはおかしくあるまい」

「はたして警察もそのようにおもってくれるでしょうか」

「警察に話したのか」

　徳義の表情が愕然とした。

「まだです。その前に社長にお話ししてご判断を仰ごうとおもったのです」

「わかった。少し時間の猶予が欲しい。私なりに調査してみたい」

ともあれ徳義に一時下駄を預けた形になった。

二日後、畑中は社長室に呼ばれた。徳義はにこにこ笑いながら猫なで声で、

「やあ、仕事中呼びたててすまないな」

「いえ、これも仕事ですから」

「まあかけたまえ」

徳義の懐柔的な態度が、畑中の不吉な予感をそそる。女秘書がコーヒーを運んで来た。社長室でコーヒーを振舞われたのは初めてである。

「まだ勤務中ですから」

「社長の私が勧めるのだからいいだろう。ところでどうかな。きみもいつまでもハウス・ディテクティヴでもあるまい。この辺で一つ責任ある地位についてはどうかね」

「H・Dは責任がありますが」

「もちろんH・Dに責任がないというのではない。ただH・Dは他の者でもできる。きみほどの人材は、きみ以外に代替のきかないポストに就けるべきだとおもってね」

「ちょっとお待ちください。私はいまのポストで十分満足しております。この齢で生臭い野心はございません」

「いやいやきみはまだ隠居する年齢ではない。きみの経験と能力を我が社のために積極

的に役立ててくれないかね。私からの切なる頼みだ」

「社長、いまはそんな時期ではないとおもいます。全社一丸となってこの難局に当たらなければならない時期に……」

「だからこそきみのような人材を登用したいのだよ。我が社の開発部を拡大してきみをそのヘッドにしたい」

「ご厚志大変有難く存じますが、古沢部長の対応をどうなさるかそれをまずうかがいたいのですが」

「ああ、あの件は終った」

徳義はなんでもないことのように言った。

「終った？」

「古沢に直接問い糺《ただ》したところきみのおもいすごしだとわかった。きみの社を思う熱心さは買うが、古沢はまったく無関係だ。あの件については忘れてくれたまえ」

「しかし社長……」

「終ったのだ。いいかね、かりそめにも犬飼一族に連なる者がそんな容疑をかけられてみたまえ、四代にわたって築かれたホテルの名声と信用はどうなるか。そんなことはあるはずはないし、あってはならんのだ」

徳義は押しかぶせた。

「口留め料というわけですか」

畑中は皮肉に切り返した。

「きみの登用と古沢の件はまったく関係ない。私の社長としての要請でもあり命令でもある。きみに開発部の新規事業部長に就任してもらいたい。辞令は数日中に人事部長から正式に達する。引き受けてくれるね」

茫然《ぼうぜん》としている畑中にうむを言わせぬ口調で押しつけた。

4

「開発部新規事業部長なんて凄いじゃないですか」

高見が目を円《まる》くした。

「きみ本当に凄いとおもっているのか」

「おもってますよ。入社半年で花形部長なんて前代未聞のスピード出世ですよ。もっとも畑中さんならおかしくありませんがね」

「やっぱり古沢が犯人なんだよ」

「いま何と言いました」

「古沢が犯人なんだよ。それを新規事業部長という口留め料で私の口を封じようとしているんだ」

「まさか」

「それ以外には考えられない。そうでなくて私のような出がらしを登用するはずがないんだ。きみ、私のために新しいポストをつくったんだぜ」

「たとえそうだとしても有難くおうけすべきです。めったにないチャンスです」

「社長も一族の犯罪を暴かれかけてよほど逆上したとみえる。彼はこんなことをする必要はなかった。いやすべきではなかったんだ。間接証拠と推測だけなのだから、知らぬ存ぜぬと突っ張り通せばよかったんだよ」

「自ら墓穴を掘ってしまったわけですか」

「そうだ」

「それでどうするつもりですか」

「いま我々の口を封じたとしても警察は必ず追いかけて来る。我々が発見したことを警察が見つけないはずはないんだ。きみと露木君が同窓というラッキイな偶然に助けられて警察より少しばかり先回りできたにすぎないのだからね。会社の名前を傷つけまいとしてそれくらいのことも見えなくなっている」

「それじゃあ断わるんですか」

「断わったら今度こそ古沢になにをされるかわからない。時間稼ぎに引き受けざるを得ないだろうな」

「時間稼ぎの部長ですか。凄《すげ》えな」

畑中は古沢と対決する場合の手持資料について考えてみた。

古沢の弱みといえるものを列挙してみると、畑中に対する襲撃と理香の遺品の持ち去りである。いずれも古沢の意志から発したものであろうが、まだ証明されていない。

桂田がホテルで死んだという事実はだれかに呼ばれた状況を物語っている。大野風堂が呼んだと考えられるが、そうであれば、その情報が古沢に流れていたと推測される。そうでなければ古沢本人が呼んだことが考えられる。

青酸化合物の入手経路が証明されれば、決め手になるだろうが、そちらの線は警察が捜査をつづけているであろう。古沢が犯人の場合、理香、桂田に対する殺人の動機はまったく不明である。

こんな薄弱な資料で対決すればせせら笑われるのが落ちであろう。だが徳義が〝口留め料〟を払って畑中の口を封じようとしたのはその薄弱資料に対してすら脅威を覚えたのである。

古沢禎一は社員から重役に成り上がった人物である。さして能力が優れていたわけでもなければ、人望があったわけでもない。先代の長女、現社長の妹に社員懇親パーティで見初められて経営者一族に列し、現在の位置を得たシンデレラボーイである。

年齢も妻より五歳下であり、絶対的に頭が上がらない。消息通から聞いた話であるが、古沢の妻は人一倍嫉妬深いそうである。万一妻に浮気が露顕すれば、家庭のみならず、彼の地位まで喪失しかねない。常に妻に対して戦々兢々《せんせんきようきよう》としているという噂である。社員は古沢をかげで〝種馬〟と呼んでいる。

そんな位置環境におけるホテルの女性従業員やコールガールとの関係は、保身のための犯罪を促す素地となる。

また古沢は一族に列し、重役の末席に連なっているとはいえ、智和、勇助の二大派閥からこぼれ落ち、一族順位としては彼より下位のはずの矢切靖之よりも軽く見られる曖昧な位置にいる。一族でありながら、他の同族の者のようなホテルに対する愛着や、ロイヤリティはないだろう。むしろ一族や重役から軽くみられて怨みを含んでいるかもしれない。

保身に汲々《きゆうきゆう》たるはずの古沢が、女性従業員やコールガールと社用客室《ハウスユース》で情事を行なったとすれば、妻に対するアリバイ工作上止むを得なかったのと、絶対にバレないという自信があったからであろう。

ここまで肉薄して来ながら、なに一つ決め手はない。

「考えてみれば、社長から依頼されたホテルの敵を見つけるかわりに、獅子身中の虫を探し出してしまった」

畑中は苦笑した。その代償というより口留め料が、新設の部長ポストとは噴飯ものである。だが徳義にしてみれば、一族ひいては会社を守るために必死なのである。とりあえず畑中の口を封じておいて、古沢の処分をどうするか。畑中は興味を惹かれた。

種馬の復讐

1

アマポーラの山本からホテルフェニックスの畑中の名前を得た下田と棟居《むねすえ》は、彼の身辺を密かに探った。畑中は同ホテルに一連の事件が発生する少し前に中途採用された人間であり、社長が誘拐されたとき、現場に居合わせた事実がわかった。

花守理香が死んだ後に入社しており、彼女との関係は不明であるが、理香の仙台の生家までその死の原因を探りに行った事実も仙台に問い合わせて判明した。

畑中は理香の死に異常に熱い関心を抱いている。なぜか。

以上の調査を踏まえて、下田と棟居は畑中と対決することにした。

突然刑事の来訪をうけた畑中は遂に来るべきものが来たのを悟った。むしろ来るのが遅すぎたというべきかもしれない。

二人の刑事は簡単に自己紹介をした後、端的に用件を言った。アマポーラへ露木を訪ねて行った理由は何か。露木はどこにいるか。花守理香になぜ関心をもったか。刑事の質問は要約以上の三項目であった。ここへ来るまでにかなりの捜査の下敷があることが、言葉の端に感じられる。徳義から口留めされていたが、露木から古沢の名前が浮かぶのは時間の問題である。

刑事が畑中を割り出した以上、徳義の口留めはもはや無意味になったと解すべきである。

畑中はこれで部長の椅子がふいになったとおもいながら、自分が調べ上げた結果を包み隠さず話した。刑事は感嘆の色を隠さずに、「我々プロが真っ青の調査ですな。たしかに決め手はありませんが、それだけ間接証拠を積み重ねれば、あと一歩です。あとは我々に任せてください」と言った。

「刑事さんは誘拐脅迫事件についてはどうお考えですか、古沢をすべての事件の犯人とするには無理があるのですが」

「そちらの線は、いま着々と捜査が進んでおりますのでいずれ実相が明らかにされるでしょう」

刑事は軽々なる発言を控えた。

2

下田と棟居が畑中を訪ねる三日前の午後九時ごろ都内渋谷区の二車線幅の一般道で二台の乗用車が軽い接触事故を起こした。先行車が交叉点でウインカーを点《つ》けずにいきなり左折したために後続車が避け切れず、前部バンパーを先行車の後部に軽く触れたというものである。人身の損害はなく、車体にかすり傷がついた程度の軽い事故であったが、後続車のドライバーに免許条件の違反があった。

下田と棟居は古沢禎一に面会を求めた。古沢のオフィスは、フロントの奥の管理部長室であったが、役員用にキープされてあるらしい客室の方へ通された。

古沢はいかにもホテルマン一筋に生きてきたような洗練された物腰と都会的な雰囲気を身につけたいわゆる「ナイスミドル」であった。五十代半ばのはずであるが、年齢よりはるかに若々しく見える。だが一見落ち着いた態度の底に身構えと不安の色が覗いているのを、刑事の経験が見抜いた。

「本日は突然お邪魔いたしまして」

まずは穏やかに切り出す。

「いえいえ、ご苦労様です」

古沢も柔らかく応ずる。

「結構なお部屋でございますな」

棟居が無難な話題から始めた。

「殺風景なものですよ。ホテルの部屋は生活の本拠ではありませんからね。強いていうなら生活の断片を預けている所です」

「生活の断片か。なるほど」

棟居は感心したようにうなずいた。だが断片を預けたつもりが、生命を絶たれる棺《ひつぎ》になった者もあるのである。

「ところで本日おうかがいいたしましたのは、過日こちらのホテルの屋上から飛び下りて自殺したとされている花守理香さんと、客室で殺された桂田千明さんについて改めてお尋ねするためです」

「どんなことでしょうか。私の知っていることであればお答えしますが、管轄がちがうのであまりお役に立てないとおもいます」

「古沢さんは管理部でしたね」

「主に人事や、総務や厚生などの管理部門を担当しております」

「花守理香はご存知でしたか」

「社員の一人として知ってはおりましたが、個人的には特に……」

古沢は予防線を張ったようである。

「花守さんが自殺をしたとき、その原因を調べるためということでホテルの総務課の人が彼女の遺品の一部を預かったそうですね」

「それは私が総務に命じて調べさせたのです。会社としては社員の生命を含めた生活を預かっているつもりですので、自殺の原因を知りたかったのです」

「それでなにかわかりましたか」

「具体的なことはわかりませんが、本人が死ぬ少し前に死にたいと漏らしていたということなので、多分厭世《えんせい》自殺だろうとおもいます」

「遺品はどうなさいました」

「近日中に遺族にお返しするつもりです」

「その前にぜひ我々に拝見させてください」

「花守理香の自殺になにか疑わしい状況でもあるのですか」

「花守さんの死後、社長の誘拐、一連の脅迫が発生しておりますのでね」

「しかし、遺族はまったくホテルを怨んでおりません。彼女の自殺についてはホテルに責任はございません」

「一応関わりがあるとみられるものはすべて調査するのが我々の仕事でしてね」

「花守理香は関わりがあるのですか。捜査本部は無関係と断定したと聞きましたが」

「ほうだれがそんなことを言いましたか」

棟居から皮肉な目を向けられて、古沢はややうろたえた口調で、

「噂に聞いたようにおもいます。遺族もそう言っております」

「関わりがあるかどうかは我々が決めます。古沢さんは花守さんとは個人的な関係はまったくなかったのですか」

「つまり個人的に親しくしていたかということですか」

「そうです」

「そんなはずがないでしょう。だいいち部署もちがいますし、なんの接点もない」

口調がやや早口になっている。

「あなたのハウスユースというのですか、社用で泊まっていた部屋に彼女が出入りする姿を見たという人がいるのですがね」

棟居はカマをかけた。

「彼女は客室係ですからね。彼女の担当階《フロア》に泊まったとき、何度か雑用を頼んだことがあります。ルームメードが客室に来るのはべつに珍しいケースじゃありませんよ」

それはすでに用意しておいたらしい口実であった。

「夜遅く呼んでも珍しいケースではないのですか」

下田が口をはさんだ。

「そんなに遅い時間に呼んだ記憶はありませんが、仮に呼んだとしてもべつにおかしくはありません。そのための夜勤者がいるのですから」

「メードさんに頼む用事ってどんなことがあるのですか」

「それはいろいろありますよ。お茶のセットをもって来てもらったり、備品、例えばトイレットペーパーや石けんが足りなくなって追加したり、テレビや電気スタンドの具合が悪かったり、中にはホテルに馴れていないお客が話し相手に来てくれという場合もあります」

「客の中には若いメードさんに不埒《ふらち》な行為を仕掛ける不心得者がいませんか」

「まずめったにありません。最近はホテルがポピュラーになっておりますから、団地やマンションの進出と共に生活が洋風化しております」

メードという職能をフルに利用して〝社用情事〟ともいうべき大胆な情事に耽っていた模様である。だが大胆であると同時に巧妙である。妻に対するアリバイを確立させると同時に一緒にいても不審をもたれない環境で出逢っていたのである。

「七月二十五日夜桂田千明という銀座のホステスが殺害されましたが、あなたは彼女をご存知ではありませんか」

質問役を下田が交代した。

「いいえ」

「彼女の勤め先のアマポーラという店であなたを見かけたという者がいるのですが」

「接待したりされたりで銀座にはよく出かけますが、そんな機会にあるいは連れて行かれたことがあるかもしれません。一々憶えておりませんね」

古沢は巧妙に躱《かわ》した。

「アマポーラのボーイがあなたからの電話を桂田さんに取り次いだことがあると言っているんですがねえ」

「全然記憶にありません」

古沢の頰のあたりが少しこわ張ったようである。

「アマポーラは売春の斡旋をしている疑いがあります。あなたは同店から女性を斡旋してもらったことはありませんか」

下田は単刀直入に切り込んだ。

「失礼ではありませんか。それは私のプライバシーに関することです。男ですからまったく女性と縁がないとは申しませんが、一々パートナーを明らかにしなければならない筋合はないでしょう」

古沢はやや色をなした。

「あなたのプライバシーを詮索するつもりはありませんし、そんな権利もありません。しかし、アマポーラのホステスが殺されたのです。同店と多少とも関わりのあった客を洗うのは捜査の常道です。ご協力いただけませんか」

「身辺絶対に清潔とは申しませんが、殺されたホステスとはまったく関係ありません。私には妻があります。警察からそんな取調べを受けただけで大変迷惑です」

「これは大変失礼いたしました。古沢さんの奥さんはたしか現社長の妹さんでしたな」

下田が皮肉っぽく聞いた。

「そんなことは関係ないでしょう」

「警察の介入による迷惑度に関係あるのではありませんか」

「売春の斡旋をしてもらったことがあるかなどと聞かれたらだれでも迷惑します」

「それでは桂田千明についてはまったく無関係とおっしゃるのですな」

「無関係です」

「アマポーラには行かれたことはありませんか」

「それは先刻も申し上げた通り記憶がありません」

古沢は、アマポーラについては否定も肯定もせず曖昧にぼかしたが、桂田千明との関係は明確に否定した。彼の強い姿勢はアマポーラの口の堅さに対する信頼があるからであろう。政財界の要人、また各界の有名人に女性を斡旋するからには秘密を厳守しなければ安心して利用してもらえない。

「関係がなければ結構です。ところで古沢さんは三日前に渋谷区の一般道で交通事故を起こされましたね」

「よくご存知ですね」

古沢の面《かお》に不安の色が塗られた。

「餅は餅屋です」

「ひどい目にあいました。先行車が若葉マークの女性でウインカーを出さずにいきなり左折したのです。それが何か」

「その際あなたにも免許条件に違反があったそうですね」

「いま眼鏡をかけていませんね」

棟居が言葉をつけ加えた。

「コンタクトです。事故数日前に右のコンタクトレンズを紛失したのです。すぐ新たなレンズをつくらせなければとおもいながらつい目先の忙しさにかまけて、そのとき右眼のコンタクトを入れないまま運転していたのです。運が悪かったとおもいます」

「そのコンタクトレンズとはこれではありませんか」

下田はあらかじめもっていたらしい水を入れたフィルム用のプラスチックケースを古沢の前に差し出した。古沢はギョッとしたようにプラスチックケースに目を向けた。

「底の方を見てください。コンタクトレンズが一枚入っているでしょう。これはあなたの右の目から失われたレンズのはずです」

「ど、どうしてこれが」

　おもわず言葉がもつれた。

「このレンズどこにあったとおもいます。桂田千明が死んでいた2151号室の冷蔵庫の中ですよ。まさか冷蔵庫の中にコンタクトレンズの片割が残っていようとはさすがのあなたも気がつかなかったようですね」

「どうしてそれがぼくのレンズだといえるんだ。ぼくはレンズだといえるんだ。どうしてそのレンズが桂田千明の部屋にあったといえるんだ。ぼくはレンズを紛失したが、どこで失ったかわからないんだ。桂田の部屋へ行ったことのないぼくがそんな所に落とすはずがない。コンタクトレンズなんて、ちょっとしたはずみによく落ちるんだ」

　言葉遣いに注意する余裕が失われていた。

「このレンズがこのプラスチックケースに入って彼女の死体が発見された直後2151号室の冷蔵庫に置かれていたことは、鑑識の写真にも撮影したし、ホテルの複数の従業員も確認しています。あなたは桂田を殺害する以前に何度か彼女と逢っている。そのときコンタクトレンズを紛失したのです。それを彼女が発見して親切に持って来てくれたのですよ。まさかあなたに殺されるとも知らずに。このレンズがあなたのものであることは、このホテル内にある眼鏡店《オプティカルショップ》で証明されましたよ。あなたはそこに新たなレンズをつくらせたばかりですね。ホテルの便利さも時には仇になりますな。このホテルには生活全般なんでも揃っている。女まで手当できる。ないのは棺桶《かんおけ》と麻薬くらいのものでしょう。あなたはもっと遠方へ行くべきだった。その便利さに負けてすべてをホテル内で賄おうとしたところにあなた自身の墓穴を掘ったのですよ。もっともそれもホテルのレパートリーの広さかもしれませんがね」

古沢はなにか反駁《はんばく》しようとしたらしいが、言葉にならない。

「コンタクトレンズなんて無関係の女性の手に入るはずがない。あなたはあなたのコンタクトレンズがなぜ無関係のはずの殺されたコールガールの部屋の冷蔵庫の中にあったか説明できますか。あなたが2151号室をそれ以前に利用した記録は残念ながらありませんでした」

3

古沢は犯行を自供した。

花守理香も桂田千明も死なせたくはなかった。止むを得なかったのです。妻との結婚生活は侘《わび》しいものでした。五歳年上の妻に愛を覚えたことはありませんでした。男のレースに女性の愛などいらないとおもっていたのです。ホテルフェニックスで一般社員がトップマネージメントに加わるためにはそれ以外に方法がなかったのです。そのこと自体は後悔しておりません。その侘しさを手近の女性で安易に償おうとしたのが誤りでした。理香と関係が生じたのは一年半前です。社用で泊まるときよく身の回りの世話をしてくれたのがきっかけで親しくなり、つい手を出してしまいました。一度だけで止めておけばよかったのですが、便利なのでずるずると関係をつづけてしまったのです。

私は途中で何度も止めようとしたのですが、理香が押しかけて来るのです。社用でホテルに泊まらないわけにはいかないし、泊まれば理香を追いはらえません。社内で女性社員と情事をする危険は考えておりました。しかしそれだけに死角になっておりました。

妻は五歳年長であるだけにその嫉妬には病的なものがありました。社用で帰宅が遅くなると、それこそ一分刻みでアリバイを求めるのです。そんな中で妻の目を盗んで情事を行なう機会は、危険と承知しながらも、ハウスユースの客室を利用する以外になかったのです。社用で泊まるときだけ妻はアリバイを求めませんでした。

理香は次第に大胆になり勤務中オフィスへ電話をかけてくるようになりました。マンションを買ってくれの、海外旅行へ連れて行けのとねだるようになり、早晩別れなければいけないとおもっていた矢先、まちがえて大野風堂の部屋へ行くという事件が起きました。そこで何があったのか正確には知りません。理香の話によると、大野が変態行為を強制したということです。そこまでされるということは、ある程度の合意があったとおもうのですが、その辺については彼女は詳しく話しませんでした。おそらく大野が真相を知っているでしょう。

桂田千明とは紹介する人があって半年前から密かに交際をしておりました。理香が鼻についていた私にとって高度のプロの技巧をもった桂田は新鮮な魅力でした。桂田とは理香が非番や休日でホテルに来ないときを利用して会っておりました。ところが四月十三日、桂田をホテルに呼んだ夜、理香が突然ホテルにやって来て、桂田と私の関係を察知したのです。理香は私を難詰しすべてを表沙汰にすると脅かしました。私は彼女をなだめようとしてスポーツプラザの屋上に連れ出して話し合いました。そこは屋上庭園になっていて夜間は閉鎖されています。ところが話し合っているうちに理香が興奮して死んでやると言いだしました。

私がそんなことを言う者に限って死んだためしがない、死ねるものなら死んでみろと言いますと、本当に飛び下りてしまったのです。彼女は私が止めるものとおもっていたようであり、私はまさか本当に飛び下りるとはおもっていなかったのです。

その場面を桂田千明に見られていました。彼女は心配して従いて来たと言いましたが弥次馬的興味をもったようです。桂田はだれも見ていないし、理香が勝手に飛び下りたと言っても信用してくれないだろうと言いました。

たとえ事実を告げたとしても、理香との関係が明らかになれば身の破滅です。妻は決して許してくれないでしょう。桂田に証言してもらえば、今度はなぜ彼女がそんな場所と時間に居合わせたか問題にされるでしょう。彼女も関わり合いになるのはいやだと言いました。

黙っていればだれにもわからない。理香は自殺したことになる。事実その通りなのだからそれでいいではないかと桂田は言いました。

私は桂田の言葉に従いました。いまにしておもえば、理香の自殺の実相を隠さなければ桂田を殺さずにすんだのですが、そのときはそれ以外の選択がなかったのです。

桂田は理香のように決して横暴になりませんでした。なにも特別な要求は一切しませんでした。それなのになぜとおもうでしょう。私は桂田がなんの要求もしないことに耐えられなくなったのです。いつも醒めた目で私を凝《じ》っと見ています。なにも言わないが自分はすべてを知っているぞと暗黙に語っている目、私は次第にその目に耐えられなくなってきたのです。

私の現在と将来は、彼女が生きているかぎり彼女の黙秘によって成り立っています。それにもかかわらずなんにも要求しません。私は無気味になって彼女に服や高価なアクセサリーなどを贈りました。プレゼントをすることによって不安をまぎらせようとしたのです。

彼女はいつも決まって有難うと言うだけで少しも嬉しそうな顔をしません。その表情がこんなプレゼントでは騙《だま》されないぞと暗に言っておりました。

そのうち彼女はゾッとするようなことを言いました。あなたは自分の緊急避難港だと言うのです。どういう意味かと問うと、なにかの危難が迫ったときや援助が必要なとき、あなたの所へ逃げて行けるからと答えたのです。コールガールに一生緊急避難先にされてはたまったものではありません。しかも避難して来たとき、私は拒否できないのです。彼女は一々細かい恐喝はしませんでしたが、終生の保障を私に求めたのです。

コールガールをいつまでもつづけているわけにはいきません。女としての商品価値が失われたとき、彼女が私を頼って来ることは目に見えています。その不安と恐怖が高じて、遂に彼女を取り除こうと決意するに至りました。以前に駆虫剤として手に入れた青酸化合物がまだ手許にあったのが殺意を加速しました。

七月二十五日の夜、大野風堂の名前を使って桂田を呼びました。大野が桂田の馴染み客であることは理香の誤室事件で知ったのです。桂田はアマポーラの店長を経由して呼んだので、まったく不審をもたれませんでした。アマポーラの特別メンバーになるのはなかなか資格審査が厳しいのですが、いったんメンバーとして認められると、女の注文は電話一本それも代理で賄えます。

私は桂田の到着後、電話をかけて彼女を呼んだのは実は私であることを告げて、ドアを開けてもらいました。彼女は初めはびっくりしたようですが、大して怪しみもせず私を迎え入れてくれました。彼女にしてみれば客が大野から私に変っただけです。コンタクトレンズを返すためにどうせ私に連絡するつもりだったのでしょう。

ちょうどうまい具合に私が行ったとき、ルームサービスのオーダーが届けられた後で、彼女が食事を始めかけていたところです。入室後時間を見計らって行ったのですが、ルームサービス係とかち合わなかったのは、幸いでした。彼女がルームサービスを注文することは私の計算外でした。尤もルームサービスと鉢合わせしていれば犯行は中止していたでしょうからどちらが運がよかったのかわかりません。

最後の瞬間まで私の殺意は揺れ動いておりました。青酸毒物をもっていったものの、それを使う決心はつきかねておりました。また大分以前に手に入れて保存しておいた品なのではたして効果があるかどうかも不明でした。

食事をしながら彼女は、私は性の奴隷だけどあなたは奥さんによって一生会社に縛りつけられている会社の奴隷、つまり社奴ねと言って高笑いしました。その言葉は私が彼女の黙秘の鎖によって縛られている奴隷であることを暗示していました。その言葉を聞いたとき、殺意が固まったのです。彼女の注意がテレビに逸れた隙にコーヒーポットに毒物を仕掛けました。半信半疑で用いた毒が劇的に効きました。彼女が苦悶し、息が絶えた後も、しばらくは信じられませんでした。

ようやく我に返って部屋から逃げ出したのですが、かなり動転しており、そのときが最大の危機でした。だれにも見咎《みとが》められず脱出できたのは好運だったとおもいます。

桂田が死んだ後、誘拐脅迫犯人の仕業の如く見られましたが、結果がそうなっただけです。初めからホテルの敵を利用しようとしたわけではありません。ホテルのハウス・ディテクティヴがしつこく追跡して来たので、プライバシーを詮索する私立探偵といったことにして便利屋に頼んで脅しをかけてもらいました。

逃れきれるとはおもっていませんでした。私は彼女に毒を仕掛けた後でその毒が効かないように必死に祈っておりました。しかし祈りは効かず、彼女はあっけなく死にました。

いまとなってはまったく無意味な犯罪でした。私は離婚しました。いやさせられたのです。人を殺してまで守ろうとした地位と家庭が失われたのです。失われた後、自分が他人の生命を奪ってまで維持しようとしたものがなんとくだらないものであったか悟りました。愛のない家庭と、会社に縛りつけられた奴隷、そんなもののために、なんと愚かな。しかし会社の居心地よい位置に多年飼われていると、価値観が転倒してしまうのです。社奴の鎖から解き放された私は、獄舎の鎖につながれたのです」

長い自供を終えた古沢は心の重荷を下ろしてホッとしたように見えた。だが捜査本部はまだ彼の自供に満足していなかった。

花守理香の死は、古沢の自供によれば自ら飛び下りたことになっているが、捜査本部は彼が突き落としたと見ている。単発の殺人と複数の殺人とでは量刑がちがう。

だがこの点に関しては古沢は頑として否認した。彼が否認するかぎり死人に口なしである。唯一の目撃者である桂田も死んだ。理香が自殺であれば桂田を殺す動機がなくなるのであるが、古沢は自分の言葉を警察に信じてもらえないとおもったと言い張った。

――自分から買った娼婦を殺害してまで、地位と家庭を守ろうとしたきみが、自分の勤め先のホテルで同時に二人の女と関係をもったのはどういうわけかね。きみの殺人の動機と矛盾する大胆不敵な行動だとおもうがね――

　取調官はさらに追及した。

「そうおもわれますか。たしかに矛盾していますね。私は社員からはかげで〝種馬〟と称《よ》ばれておりました。それは種馬としてのささやかな復讐であったかもしれません。保身と復讐の接点に彼女らが立っていたのです」

　取調官はその答えに満足したわけではない。だがいまとなっては古沢自身にもよく説明できないようである。失われたコンタクトレンズの一片が彼の視野を狂わせたように、社奴としての身分が精神の平衡を崩したのであろう。

　コールガール殺人事件は一応解決した。犯人の自供によってそれは誘拐脅迫事件とは関係ないことがわかった。

　だが殺人事件が切り離されてみると、誘拐脅迫事件の犯人は依然として不明のまま残されている。

社奴の誓い

1

古沢禎一の逮捕と同時に畑中の部長就任は取り消された。まだ内示の段階であったので社内で知る者は少ない。

「げんきんなものですね」

高見が呆れた。

「口留め料のポストだからね、口留めする必要がなくなれば取り消されるのが当たり前だ。むしろ馘にならないのが不思議なくらいだよ」

「どうしてですか」

「刑事に会社に不利なことをしゃべったからね」

「しかし到底隠し通せないでしょう。畑中さんが黙っていても露木やアマポーラの線からどうせわかってしまいますよ」

「それでも会社にしてみれば私がしゃべったということは面白くないだろうね」

「勝手なもんですね。一族に累が及びそうになるとさっさと離婚をさせちゃうんだから。トカゲのシッポ切りどころじゃないな」

「社員の代替はいくらでもきくが、会社は永遠だからね。永遠であらねばならないのだ」

「ところで社長の誘拐やホテル脅迫の犯人はだれなんでしょう」

「かいもくわからない。古沢の殺人に便乗してこれまで鳴りを静めていたのが、また動きださなければよいが」

「どういうことですか」

「わからないかね。古沢が桂田を殺したのでいかにも脅迫の結果のように見えた。ところがこれが別件となると犯人の脅迫は単なる空脅かしにすぎなかったことになる。犯人はなんらかの実力行使をせざるを得なくなるんじゃないかな」

「あ、そうか。危《やば》いなあ」

「その前に犯人を捕えたいね」

「畑中さんになにか手がかりがあるんですか」

「手がかりはない。ただ誘拐犯人が社長を突き落とした穴の近くに理香が住んでいたのは偶然ではないような気がするんだ」

「偶然ではないというと？」

「犯人と理香の間になにかのつながりがあったのではないか。理香からあそこに穴があることを聞いたのかもしれない」

「理香は穴のことを一言も言いませんでした」

「すると穴の近くに犯人が住んでいたか、あるいは穴の存在を知っていた人間ということになるな」

「探しようがありませんね」

二人の目が宙をまさぐった。

老松家具が手拭いを配った顧客リストを一人一人つぶしていた捜査本部は、その中の一人末川勇作《すえかわゆうさく》に行き当たった。末川は目黒区中根《なかね》二丁目都立大学駅前で不動産取引業「末川商会」を営んでいる。三十六歳、妻との間に一歳の女の子がいる。

捜査本部が彼をマークしたきっかけは、花守理香が住んでいたマンションの大家から彼女が末川の周旋によって入居したという聞込みを得たからである。

顧客リストの中には彼以外に理香とどんなささやかなつながりをもった者も発見されていない。

捜査本部は末川に焦点を絞って捜査を進めた。その結果意外な事実が判明した。

「末川には生きていれば本年六歳になる男の子がいました。その子供を二年前ホテルフェニックスのエスカレーターで首をはさまれて失っているのです」

重大な新事実を報告する捜査員の声は弾んでいた。それによると二年前の五月五日同ホテルで催された「子供の日の集い」に末川一家が来た際、はしゃいだ子供がエスカレーターの上で首をのばして上の階を覗き、天井とエスカレーターの間に挟まれたというものである。

非常停止釦《ボタン》を押してエスカレーターを停めたときはすでに遅く子供は首の骨を折って死んでいた。

「末川はホテルの安全管理不行届きを責めましたが、ホテル側は親が付いていたときの事故であったので親の不注意を主張しました。末川が子供の生命は賠償できないということで訴訟にはならなかったそうですが、その際のホテル側の態度に強い不満をもっていたようです。ホテルはその後エスカレーターに安全柵《フェンス》を設けましたが、それは末川の子供に対する賠償や陳謝ではありません」

「末川がホテルフェニックスを怨んでいる状況はあるね」

「十分あります」

「しかし二年前の事故でなぜいまごろになって復讐しようという気を起こしたのかな」

「すぐ行動を起こせば直ちに疑われてしまうからでしょう」

ここに掘り下げ捜査が開始された。その重点は、
一、身辺捜査
二、共犯者の発見
三、「穴」についての土地鑑の有無
四、事件当時のアリバイ捜査
五、犯行自動車の発見
六、犯人の適格性判断
——である。掘り下げ捜査の結果、判明した事項を踏まえて捜査会議が開かれた。
○末川の妻は当時妊娠中であり、長男の事故がショックとなって胎児を流産した。現在の子供はその後生まれたものである。
○「穴」の土地については地主より売却周旋を依頼されている。
○末川には一緒に働いている二十六歳と二十三歳の二人の弟がいる。
○国産T社とN社の二台の乗用車を保有している。
○犯人グループの特徴が被害者の証言と一致している。
○子供を失った当時、必ず復讐してやると周囲の者に漏らしていた。
ここに末川の犯人適格性は十分とみられた。末川の犯行であることを示す直接の決め手はないが、豊富な間接資料から彼が犯人であることはまちがいないと断定された。

ここに末川勇作および二人の弟の逮捕状と居宅の捜査差押許可状が請求され、その発付を得た。

まず任意で取調べて自供を得た後に逮捕状を執行することに方針が定められた。時をおかず、末川商会の近くのアパートの空室を借りうけ前線張込み拠点として末川兄弟の動向を監視した。また三人の居宅にも張込みが付いた。

十月十九日午後八時ごろ三兄弟がそれぞれ居宅に帰ったのを確かめた後、翌朝午前七時方針通り彼らの家に踏み込み、まだ寝床の中にいた三名に任意同行を求めた。

末川勇作の妻はすでに起きて朝食の支度をしていたが、捜査員が、本部までの任意同行を求めたとたん、わっと泣きだした。

末川勇作はすでに観念した様子であった。その態度に悪びれたところはなかった。

捜査本部に同行されて取調べをうけた末川は誘拐脅迫の一連の犯行を認めた。彼の自供は次の通りである。

「ホテルのエスカレーターに首をはさまれて子供を失ったとき、親の責任もあるとおもいました。しかしその後のホテル側の態度に腹をすえかねるところがありました。応対したホテルの幹部は当日大勢の子供がホテルに来ていたのであなたの子供にばかり注意を向けられないと言ったのです。親の心情をまったく無視した言い分でした。どんなに大勢の子供がいても親にとっては我が子はかけがえのない存在なのです。

でもまだそのときは復讐しようなどという気はありませんでした。私はホテル側に慰謝料などもらっても子供が生き返るわけではないからせめてエスカレーターの脇にでも子供の慰霊のために碑をつくらせてもらえないかと頼みますと、ホテルの公共の場所は内外からの多数の客が利用する所であるのでそのような不吉なものの設置は困るとニベもなく断わられました。それではせめて命日に花を飾らせてもらいたいと頼みようやく許されたのです。

今年の命日にエスカレーターの袂《たもと》に花を飾り、ホテルで家族と近親者が集まってささやかな三回忌の法事を営みました。会食が終ってエスカレーターの所へ来てみますと花がありません。驚いて問い合わせると、当夜国賓が宿泊し、エスカレーターを利用する可能性があるので取りはずしたという答えでした。それでは花を返してもらいたいと言うと、倉庫に保管してあるということでした。ところがそれが連絡の行きちがいとかで、すでに用ずみの花として捨てられていたのです。花は大きなトラッシュの中にゴミとして捨てられていました。花と一緒に子供の戒名を書いた札も一緒に捨てられていました。そのとき私は許せないとおもいました。

ホテルにとっても幾重にも不幸な手違いが重なったのだとおもいますが、命日に遺族が子供の冥福を祈って捧げた花と戒名をゴミとして捨てるようなホテルは罰せられなければならないとおもいました。

私は二人の弟に協力を求めましたが、彼らに責任はありません。すべては私が計画し、実行したことです。

まず復讐の矛先をホテルの社長に向けたのは、彼がホテルフェニックスのオーナーでもあり名実共に同ホテルの象徴であったからです。花を捨てるようにという命令も彼が発したものです。国賓の到着に先立って館内を見回り、花を〝目障り〟だから捨てろと命じたと聞きました。

あの土地に穴があることを知っており、落ちるとなにか道具がなければ脱出できない状況も知っておりました。しかし市街地の真ん中ですから必ず救出されるだろうとおもいました。社長個人に対して怨みを含んでいるわけではありませんので、殺意はありませんでした。

しかしホテルにはその後も反省の色が見られなかったので、つづいて脅迫を加えたのです。

私の営業停止命令にもかかわらず、ホテルは営業をつづけました。そこにホテルの人命よりも営業を優先する姿勢が現われていました。ジェスチャーでも客の安全のために私の命令に従う気配を見せれば、許してやるつもりだったのです。ホテルの姿勢に私は子供の事故は起こり得べくして起こったのだとおもい、怒りを新たにしたのです。

そのうちに私にとっても意外な事件が発生しました。

ホテルで女性客が毒殺され、どうやら私の仕業だとおもわれたようです。私は直ちに自分のしたことではないと声明を出そうとおもったのですが、その殺人事件がホテルに対して私が狙ったとおりの打撃を加えたのを知ってしばらく様子を見ることにしました。もし私が関係ないと声明すれば、私の脅迫は単なる脅しにすぎないとわかり、私自身がなんらかの実行に出なければならないからです。ホテルは憎いけれど、無関係の人間を巻き込みたくありませんでした。第三者を巻き込みたくない私が他人の犯行を利用して無差別の殺人を辞さないと見せかけるのは、矛盾しておりましたが止むを得ませんでした。

しかし私の誘拐と脅迫に便乗して、自分にとって不都合な女を取り除こうとしたホテルの幹部がいたとは驚異です。結局私の復讐はホテルの幹部に利用されただけでなんにもならなかったようです。

無数の客に不安と不便をあたえたことについては本当にすまなくおもっております」

2

誘拐脅迫犯人が逮捕され、犯行を自供してホテルにもようやくホッとした空気が流れた。一時経営危機が叫ばれるほど「門前雀羅《じゃくら》」を張ったホテルに客足が戻って来た。

末川勇作の起訴は確実である。末川が自供して数日後、畑中は社長室に呼ばれた。畑中はいよいよ〝引導〟を渡されるときがきたと予感した。

畑中に新規事業部長の内示が下りたのは、あくまでも口留め料としてである。ところが彼は口留め料を拒否しないまま、警察にホテル幹部を「売って」しまったのだ。当然なんらかの沙汰が下るものと首の根を洗って待っていたが今日までなんの音沙汰もなかった。無気味におもっていたところへ社長から呼出しをかけられたのである。

恐る恐る出頭すると、徳義が意外ににこやかな表情で、

「やあ仕事中をわざわざ呼びたててすまないね」

と如才ない言葉をかけた。勤務中、社長命に従うのは最大優先すべき〝仕事〟である。畑中は以前にも同じ様な場面があったことをおもいだして気味が悪くなった。またコーヒーが出された。幹部用の特別に淹れたコーヒーである。

徳義はコーヒーを勧めながら、

「ところできみに折入って頼みがあるんだ。ぜひとも聞き入れてもらいたい」

と猫なで声で言った。畑中はそらきたと身体を構えた。どのみち余生である。馘になってもともとだとおもうと気が楽になった。

「私にできることならばなんなりと……」

「きみでなければできないことだ」

「何でございましょう」

「実は妹のことなんだが」

「妹……さん」

「古沢と離婚してね、あれも可哀想《かわいそう》なやつだ。亭主運に恵まれない」

徳義は半ば独り言のように言った。畑中には彼の言葉がなにを示唆しているのかわからない。

「そこできみに頼みというのは他でもない」

ジロリと上目使いに畑中の顔色を探って、

「どうだろう、妹をもらってくれないか」

と言葉を押し出すように言った。畑中は驚きのあまり、手にしたコーヒーカップを取り落としかけた。

「しゃ、社長！」後の言葉がつづかない。

「突然の申し出で驚いただろうが、よく考えたうえでのことなんだ。親族会議でも異議は出なかった。副社長、専務、常務、各役員いずれも賛成だ」

「ちょ、ちょっとお待ちください。私にはなんのことかよくわからないのです」

畑中はようやく言葉を返した。

「無理もない。だが妹も待婚期間が明けた後きみとの再婚を望んでいる。きみはまだ引退するには早い年齢だよ。きみのキャリアと能力を我が社のために役立ててくれないか。

我が社はきみも承知の通り同族会社だ。どんなに才幹があり、会社のために貢献してくれても一族に連なっていないと、おもいきった登用ができないのだ。きみを登用したい私の気持をわかってもらいたい」

「社長せっかくのお言葉ですが、なにぶんにも突然のお話なので面喰っております」

「そうだろうね。私たちは熟慮した結果だが、きみにとっては突然の申し出だろうからな。ま、よく考えたうえで返答してくれたまえ。ただし私を失望させないでくれよ」

徳義は言外に拒絶はあり得ないと仄《ほのめか》していた。

3

社長室を辞去した畑中は、徳義の言葉の中身を測った。

彼に新規事業部長の内示が下ったのは、古沢の間接資料を徳義に報告した二日後である。それから間もなく刑事が畑中の許へ来た。

「そうか」

畑中は目を覆っていたブラインドが取りはらわれたようにおもった。もうあの時点で古沢の排除は決まっていたのだ。殺人犯を歴史と名誉のある一族の中に留めておけない。

徳義は、畑中に調査中止を命じたときに事件に一族が関与していることを察知したにちがいない。あるいは古沢の名前を具体的につかんでいたかもしれない。

高見がフロントの記録から古沢の名前を手繰り出したよりももっと容易に社長権限にものをいわせての調査で古沢の介在を知ったかもしれない。そのときから古沢の排除は定まっていたのだ。ただ時機を待っていたにすぎない。

古沢のポストは埋めなければならない。古沢を引き下ろした後、適当な人物はいないか。そこへ畑中が引っかかったという寸法であろう。

古沢の追放は、一族から切り離すことをも意味する。古沢の妻、すなわち徳義の妹にも因果が含められた。夫婦の絆《きずな》よりも一族の連帯のほうが強かったのか、あるいは夫婦の愛が冷却していたのか、ともかく古沢夫婦は離婚した。

畑中の登用は二重の〝穴埋め〟の意味があった。

「いまさら……」

畑中はその卑猥《ひわい》な符合に苦笑しながらも、ふと真顔になった。その申し出を受け入れるべきか断わるべきか、焦眉の選択を迫られていたからである。

もし断わったらホテルフェニックスに留まることはできなくなる。

「きみはまだ引退するには早い年齢だよ」

と言った徳義の言葉が耳によみがえった。余生の下駄を預けるくらいの気持で入社したホテルであったが、いま日本有数の巨大名門ホテルのオーナー一族に列し、そのマネージメントに携わる機会を提供されて、すでに脱《ぬ》け落ちたとおもっていた凝脂が心身に騒めき立ってきた。

考えてみれば以前の商社も能力を去勢されて辞めたわけではない。妻子を失い、派閥抗争に嫌気がさしてやめたのである。このまま人生を終りたくないという気持が心の隅にくすぶっている。

これは、またとない敗者復活戦のチャンスが先方から転がり込んで来たのではないのか。

下半身の方も対応すべき対象があればまだ捨てたものではない。

せっかく提供された機会を断わってホテルを辞めたとしても窓ぎわで膝をかかえた日向《ひなた》ぼっこが待っているだけである。完全に野心と脂気が脱けていれば、それも悪くはない。だが――

畑中の心の秤《はかり》が次第に意志の重みを加えて一方へ傾きだした。

翌日、畑中は社長室へ赴いた。秘書も介さずに一介のH・Dがいきなり社長室へ入って行くのである。すでに経営者一族の意識になっている。

「昨日のお話の件、有難くうけさせていただきます」

「そうか、うけてくれるか」

徳義の表情が輝いた。

「微力ながらホテルと犬飼家のますますのご発展のために尽くさせていただきます」

徳義に誓った言葉はそのまま〝臣下の誓い〟であった。そのとき畑中は会社の奴隷としての鎖にしっかりとつながれたのである。つながれることを自分の意志で選び取り、それを喜んでいた。

解説

池上冬樹

本書『社賊』は、『社奴《しやど》』で始まった、会社という〝全体主義的〟組織の追求第二弾である。『社奴』の解説でもふれたが、『社奴』の著者解説をもう一度引きたい。

「会社は社員に給料を支払う代償として、労働力を含めて能力の提供を求める。だが、決してそれだけではない。会社は社員を人格的に管理する。反骨豊かな人間も、会社があたえてくれる栄養たっぷりな餌や手厚い保護に骨抜きにされて、社奴となる。会社に対して忠誠（ロイヤリティ）を誓わぬ社員は絶対に主流になれない。社長や社是（ポリシー）を中心に、求心力の強い会社ほど生産性が高い。生産性をささえるものは社奴である。（略）愛社精神とは個人としての人生の目的よりも、会社の目的を優先することである。会社の目的と個人の人生の目的はちがうはずであるが、社奴には個人の目的はない。あったとしても、会社の目的に完全に吸収されている。どんな民主主義国家においても、会社は例外なく全体主義的である。社奴から発して『社賊』、『社鬼』に連なった」

こう述べられると、『社賊』も会社の奴隷、会社に縛られて生きることの苦痛を訴える小説のように考えてしまうが、意外とそうではない。一度会社生活を自ら下りた人間を主人公にしているからか、会社に対する批判精神をもち、行動は組織に縛られつつも、ある程度自由である。そこにヒーローとしての魅力が生まれてくる。

物語の主人公は、人生に対する情熱を失った畑中教司《はたなかきょうじ》。一流商社の部長職までつとめたが、彼の属する派閥のボスが失脚した後、相次いで妻と一人息子を失い、定年まで二年を残して退職した。物語は、そんな畑中が妻と新婚旅行に赴いた思い出の温泉宿で過ごす場面から始まる。

その旅館には古いゲーム機があり、最高得点者の名前が貼ってあった。花守理香《はなもりりか》という名前だったが、その名前を畑中は一カ月後、新聞で発見する。勤務先のホテルから飛び下り自殺したというのだ。いったい一月の間に何があったのか。

畑中は早朝マラソンぐらいしか興味がなかったけれど、エコノミック・アニマルの尖《せん》兵《ぺい》として商戦の只中《ただなか》で鎬《しのぎ》を削ってきた身は、無為に徹しきれない。そこで、畑中は仕事を探すことにした。目にとまったのが、「ハウス・ディテクティヴ募集」という職業で、どう求人主は老舗《しにせ》のホテルフェニックス。奇《く》しくも花守理香が勤めていたホテルだった。

んな職種かはわからなかったが、応募して、面接をうけて、キャリアがものをいったのか、採用となる。

ハウス・ディテクティヴ（H・D）は、ホテルの万相談所《よろず》で、客の苦情や多発するトラブルの処理にあたっていた。勤めはじめて驚いたのは、社長の犬飼《いぬかい》が早朝マラソンの常連であったことで、そのうちまた一緒に走ることになる。だが、そこで事件が起きる。走っている途中、社長が何者かに誘拐されてしまう。数日後、無事救出されたものの、その後、犯人からホテルに対して執拗《しつよう》な脅迫が繰り返されるようになり、ホテルの営業自体が危機に瀕《ひん》し、社長から畑中に秘匿捜査の特命がくだされる。

まず、目をひくのは、主人公の職業であるハウス・ディテクティヴである。海外にはホテル探偵という職業があるが、それと似た仕事だろう。ハードボイルドファンなら、ホテル探偵といえばレイモンド・チャンドラーの名作短篇「待っている」（一九三九年）を思い出すにちがいない。ホテル探偵トニー・リゼックが、ホテルの中で待ち続ける女性と男の関係を見すえるもので、チャンドラーに多大な影響を受けた大沢在昌がよく引き合いにだす作品で、あるところで「大人の女の恋と諦念、大人の男の優しさ」を描いていると賞賛している。若いころこの短篇を読んだときは、私立探偵（プライヴェート・ディテクティヴ）ではなく、ホテル探偵（ホテル・ディテクティヴ）なんてあるのかと疑問に思ったものだが、その後小説や映画や海外ドラマを見ているとアメリカでは一般的。果たして日本ではそういう職業があるのかわからないが、元ホテルマンの作者は日本でも充分にありうる職業として作り上げている。それほどリアリティがある。本書の畑中は行動力もあり、探偵に適しているし、どこか颯爽《さっそう》としている。社長から事件の調査を命じられて、私立探偵のように自在に活動を開始していくからだろう。このあたりの調査活動が生き生きと捉えてあって頼もしい。また、いくつもの謎（とくに花守理香の〝自殺〟、脅迫事件、ある殺人事件）が深まっていき混迷していくあたり、実に面白い。ミステリでは、快刀乱麻のように謎が解かれるのも大事であるけれど、いくつもの謎が重なり、五里霧中の情況が作られていく過程もたまらない。どのように展開して、どのようにきれいに解かれていくのかという期待感がいちだんと増すからである。

とりわけここにはもうひとつ、読者の期待を高める要素がある。それは社長誘拐と企業脅迫であり、読者の多くがある事件を想起するだろう。そう、一九八四年に起きたグリコ・森永事件である。八四年三月十八日、兵庫県西宮《にしのみや》市の自宅で子供と入浴中だった江崎グリコの江崎勝久社長が二人組の男に拉致され（運転手役の男をいれて犯人は三人）、身代金十億円と金塊百キログラムを要求された。江崎社長は三日後、大阪の倉庫から自力で脱出して保護されるものの、犯人グループからの脅迫状が届き、現金受け渡しの日時も指定されるが、犯人たちは受け渡し場所にはあらわれなかった。四月には江崎グリコ本社が放火される事件も起きる。この事件を皮切りに、そのあと、丸大食品、森永製菓、ハウス食品工業、不二家の順に、金を出さなければ商品に青酸ソーダを混入するという脅迫文が届く（実際八四年十月、八五年二月に小売店に青酸入り菓子が置かれ、日本全国に衝撃を与えた）。こうした情況がほぼ一年続き、結局グリコ・森永事件は解決されずに終わったのである。

注目すべきは、本書が一九八五年五月に刊行されたことだろう。まさに事件が深く進行する最中《さなか》に書かれたのである。事件が作家の想像力に火をつけて書かせたわけだ。グリコ・森永事件の真相を想像しながら、単に企業脅迫の顚末《てんまつ》を描くのにとどまらず、自殺や殺人などを織り込んで、我々を巧みにリード（ときにミスリード）しながら、ミステリとしての興趣を高めて、読者をおおいにもてなしてくれる。そこに森村誠一ミステリの独自性と娯楽性がある。読者は実際に起きた事件に思いを馳《は》せながら、畑中と棟居《むねすえ》刑事の視点から、真相を追い求めていくことになる。そして相変わらず事件同士が絡み合い、絡み合うようで絡まなかったりと予想外の所に連れて行ってくれる。

ここで冒頭の話にもどる。タイトルからてっきり会社という組織の病巣を徹底して剔《てき》出《しゅつ》する話かと思いきや、意外とそうではないといいたいのである。本書『社賊』はたしかに『社奴』や『社鬼』につらなる作品で、会社という組織に飼い馴《な》らされ、人間性を失う情況をつぶさにあらわすものであることに変わりはない。いちばんに優先されるのは会社の論理であり、自分たちの会社さえよければ多少の悪や罪は隠蔽してしまおうとする。
本書でも、毒薬が入れられるという脅迫が続いていたときに、ある女性が毒物で亡くなる例が発生し、死体をホテルから運んで別の場所に移してこいといった意見が重役から出されるし、それを一定の人間が肯定する雰囲気もあるが、もちろん、そんなことをしたら殺人の共犯と死体遺棄罪につながるし、すべきではないという良識派（とわざわざ断るのもおかしい）が意見する場面がある。そんなところにも社奴の醜悪なエゴイズムが見えて興味深いのだが、それでも本書が暗くならないのは、非常識な意見がまかりとおる会社の中に畑中がとびこんで活躍する点にあるだろう。このヒーロー像がとても面白く現代的である。作者は前作『社奴』では、会社の奴隷、会社に縛られて生きることの苦痛を訴える小説を書いたが、今回は会社という組織にとどまり、そこで己の力を発揮して、権力を摑《つか》むこともまた生きるためのようすが、楽しみであるとも説いている。この挑戦的なアプローチ、男の中にも女の中にもある出世欲をあますところなく描いていて、逆に新鮮である。

本書『社賊』は、一九八五年に講談社ノベルスで刊行され、そのあと講談社文庫、ケイブンシャ文庫、廣済堂文庫、ジョイノベルスとへてきたので、集英社文庫は言ってみれば五次文庫となる。出版社をかえ、版を重ねて三十四年ということに驚くかもしれない。

いまだに読むに値するものがあり、古さがないということでもある。というと簡単に聞こえてしまうが、作家がずっと愛され続ける、しかも新しい読者を得て衰えることを知らない、というのにはいくつもの理由がある。先を読むことができない複雑巧緻なプロット、ツイストのある展開、生き生きとしたキャラクター、鋭く胸をつく社会的主題なども大きい。森村誠一の場合、そのほかにもたくさんの要素があるけれど、それを詳《つまび》らかにするのは別の機会に譲りたい。ともかく『社奴』に続く『社賊』、ぜひお読みいただければと思う。

（いけがみ・ふゆき　文芸評論家）

集英社文庫

社《しゃ》　賊《ぞく》

2019年4月25日　第1刷　　定価はカバーに表示してあります。

著　者　森村誠一《もりむらせいいち》

発行者　徳永　真

発行所　株式会社　集英社
東京都千代田区一ツ橋2-5-10　〒101-8050
電話　【編集部】03-3230-6095
【読者係】03-3230-6080
【販売部】03-3230-6393(書店専用)

印　刷　中央精版印刷株式会社　株式会社美松堂

製　本　中央精版印刷株式会社

フォーマットデザイン　アリヤマデザインストア　　マークデザイン　居山浩二

ISBN978-4-08-745864-0 C0193